KB022045

그림
_
글

윤후명 그리고 쓰다

그
림
–
글

윤후명 그리고 쓰다

문학나무

한 걸음 한 걸음 아름다운

이 책은 《문학나무》에 연재한 글과 그림을 모은 것이다. 그림은 헤이리에서부터 뭔가 시작했으니, 벌써 15년을 헤아린다. 그동안 서울에서 두 번, 강릉에서 한 번, 도합 세 번의 개인전 시회까지 열었다. 그래서인지 나를 화가라고도 한다. 다소 어리둥절하기는 한데, 그저 주어진 여건에 따라 충실하게 살기로 한 것이다. 즉, 시인 소설가 화가로서 말이다. 그 결과 이 한 권의 책이 엮이게 되었다.

처음 황형이 《문학나무》를 할 때, 나는 외면하고 있었다. 그건 왜 하느냐고 하면서. 그러다가 10년이 지나 도리없이 발을 들여놓게 되면서 나는 화가가 되기 시작했던 것이다. 무엇이 된다는 것은 같은 부류의 사람들과 어울리는 일이기도 했다. 마치 몽마르트르의 '세탁선'에 드나드는 일이 벌어지고

만 것처럼. 나는 감히 이런 표현까지 하면서 지난 일을 기정화하고 있다.

그리고 이제 모든 책은 아름다운 세계로 향하는 하나의 길이라는 말을 다시 앞세운다. 내 모든 책이 한 권의 책이라고 말하기를 저어하지 않는 것이다. 그러므로 나는 《문학나무》에 그림을 그리고 글을 쓰면서 여전히 여기에 있다.

인생은 한 걸음 한 걸음 모두 아름답다고도 곁들인다. 살아보니 지난 77년이 모두 그러했다. 벌레처럼 살아온 어려운 날들도 모두 그러했다. 그러므로 고맙다고 모두에게 절을 올린다.

2022년 희수喜壽 초봄
윤후명

차례 ▶

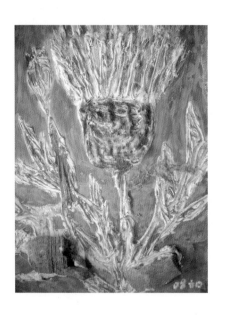

이제 내게는 좌절할 시간이 없다

엉겅퀴꽃을 그려 처음 선보인 것이 지난해 거제 문예회관과 서울 부남미술관에서였다. 어려서부터 흔히 보아왔으나, 새로이 내 삶의 공간에 들어온 꽃으로서 형상화하고 싶었다. 이것이 무엇일까 하고 이리저리 접근해본다. 새와 꽃이라는 두 사물을 통해 나름대로 그림의 핵심/진실에 이르고자 하는 탐구의 한 축이다. 캔버스에도 그리고 종이에도 그린다. 일상 생활에서 버려지는 여러 상자들에도 그린다. 그림은 쌓이는데 핵심/진실은 멀어 보인다.

본질에 이르려는 내 의도는 어디서인가 저항을 받아 머뭇거리기 일쑤이다. 이 머뭇거림이 또한 내 삶이라고 할 것인가.

포탄과 엉겅퀴 | 나무판자에 혼합 재료 38×45cm, 2008

하지만 이제 내게는 좌절할 시간이 없다. 어쩌면 그 좌절까지도 내 몫임을 엉겅퀴는 가르치려 하는지도 모른다.

제법 예쁜 것도 꽤 있건만, 그 가운데 못난 엉겅퀴 한 포기를 내놓는다. 뭔가 제 빛이 아닌 것이 여간 못마땅하지 않다. 막상 엉겅퀴도 못마땅해하는 빛이 역력하다. 이것이 자연인가 투쟁인가, 아니면 내 알량한 사랑인가. 밑쪽에 붙여놓은 녹슨 포탄(!) 조각을 들여다보다가, 이 그림은 이렇게 놔두는 게 상책이라고 자조할 수밖에 없었다. 6월이니까….

거위 소리의 변주變奏

거위를 그리기에 앞서서 먼저 김수영 시인의 「거위 소리」라
는 시가 있음을 기억한다.

거위의 울음소리는

밤에도 여자의 호마색 원피스를 바람에 나부끼게 하고

강물이 흐르게 하고

꽃이 피게 하고

웃는 얼굴을 더 웃게 하고

죽은 사람을 되살아나게 한다

— 1964. 3

이 시를 읽었을 무렵 나의 시 공부는 과거와는 전혀 다른 국
면으로 나아가고 있었다. 간단하게 말하자면, 서정성에서 벗
어나 굵은 마디가 불거진 언어 쪽을 기웃거리고 있었다는 말
이 가능할 것이다. 그러나 아름다움이란 가느다랗거나 굵거나
한 무엇이 아니라 삶 자체에 있음을 지나쳐서는 안 된다. 생노
병사의 험난함이 곧 아름다움이 되어야 한다는 진리 위에 발을
딛고 서야 한다. 감히 말하여 '태어남과 죽음이 다 헛되다'는
말은 '태어남과 죽음이 다 아름답다'는 말로 바뀌어야 한다.
나는 봉천동 벌판을 그 새로운 깨달음으로 걷고 또 걸었다.
그런 내게 드디어 김수영이었다. 그는 무슨 섣부른 참여주의
자가 아니라 순수의 존재론적 시를 쓰는 사람이라는 게 내 판
단이었다. 또 다른 윤동주인 그는 그의 삶을 '잎새에 이는 바
람에도 괴로워'한 시인이었다. 「풀」도 내게는 순수시였다.
위의 시에서 거위 소리가 바람에게 여자의 원피스를 날리게 한
다는 중첩된 문법은 나를 괴롭히기에 충분했다. 아니, 거위 소
리는 분명히 여자의 원피스를 날리게 하긴 하는데, 직접적으로

거위 소리 | 종이에 아크릴 54×55㎝, 2010

작용하는 것은 바람이 된다. 이 교묘한 역학에 휘말려들어 매료된 나는 과거의 내 시의 일차방정식에 그만 온몸에 오한이 들고 머리가 어지러웠다. 그리고 곁공부삼아 호마색은 무슨 색인가, 사전을 들추기도 했지만, 그게 무슨 색이든 문제가 될 일은 아니었다. 김수영 역시 언어적 미감과 주술을 위해 썼을 것이었다. 이 그림을 그리려다 문득 위의 시를 떠올리고도 앞 부분 두 줄만 어렴풋하고 나머지 구절은 도무지 깜깜해서 놀랐다. 아닌게아니라 검색하여 확인한 결과도 마찬가지였다. 다음 구절들은 그저 평범하기만 해서 김수영의 그림자조차 어려 있지 않은 느낌이었다. 하지만 앞 두 줄 속에서 여전히 '여자의 원피스를 바람에 날리게 하'는 거위의 울음소리가 살아서 울려오는 걸 내 귀는 들을 수 있었다.

젊은 날 시를 공부하던 시절의 아픔을 어찌 다 필설로 옮기랴. 언젠가 한 모임의 연회에 가서 식탁에 나온 거위 간 접시를 대하고 포크를 선뜻 댈 수 없었던 것도 그래서였다. 내 젊은 시가 한 고비를 넘어 앙앙격으로 향할 무렵 내 귀에 들려온 거위의 울음소리.

그런데 여기에 느닷없이 붕새의 모양이 덧씌워 나타나는 변괴를 본다. 다른 곳에서도 말했듯이 붕은『장자』에 나오는 새이다. 대학에 들어가 그 책을 배운 나는 놀라지 않을 수 없었다. 붕은 곤이라는 물고기가 하늘로 올라가서 변한 새였다. 물고기가 새로 변하는 세계가 굳이 진화의 개념을 포함하는지는 몰라도 그것은 내게는 하나의 경이였다.『장자』는 가치관의 나름을 설파하고 상대비교를 떠나 '노니는' 삶을 제시하고 있지만, 내게는 하늘 같은 새의 존재만이 가득 들어왔다. 따라서 붕은 하나의 세계였다. 얼마 전에 소설책을 내며 표지에 그림을 넣고자 그린 새는 소설에 나오는 대로라면 갈매기여야 마땅한데 나는 붕을 마음에 담고 있었다. 앞으로도 나의 새는 모두 붕의 다른 표현이 되고 말리라 전망하면『장자』의 그림자가 내게 몇 천리를 펼치고 있는지 막막하기조차 하다.

그런데, 그런데 여기에 거위가 있다. 붕은 날개를 펼치고 하늘을 날아간다. 그러나 거위는 날지 못한다. 그렇지만 어느 날

나는 거위에게서 붕의 모습을 본다. 그리하여 소박한 꿈으로부터 시작하는 헌시獻詩를 「날개 달기」라는 제목으로 바친다.

어려서부터 거위를 키우고 싶었다
시골장에서 거위병아리를
멀거니 쳐다보다가 돌아온 날
거위가 비워놓은 거위우리에 들어가
날갯짓하는 꿈을 꾼다
왜 내가 하필이면 거위를
날지 못하는 거위를
날갯짓 우스운 거위를
꿈꾸는지 모르겠다고 투덜대다가
잠에서 깬 새벽녘

이미 몇 해 전에 그린 그림의 거위는 목을 길게 빼고 있다. 울음소리가 들려오는 듯하다. 그리고 날아가는 듯도 싶다. 거위

날개 달기 | 종이에 아크릴 38×45cm, 2007

가 이렇게 목을 빼는 것은 경계심으로 소리를 지를 때건만, 나는 날아가는 모양을 보여주려 한단 말인가. 경계심이 높을 때, 거위는 짧은 날개까지 펼치며 날아가는 모양을 짓는다. 뭔가 가느다란 전율 같은 슬픔이 내 목덜미를 스치고 지나간다. 거위의 울음소리가 바야흐로 바람을 일으킨다. 여자의 원피스를 날리게 하는 순간이다. 날지 못하는 한계를 호소하는 바람으로 하여금, 거위는, 인간의 여자를 한계에서 놓여나게 하려는 몸짓으로 붕의 찰나를 짓는다.

신출내기 시인의 어느 날, 종로의 한 다방에서 김수영은 내 당선 시가 인쇄된 쪽지를 보여달라고 했다. 목을 길게 빼고 나는 그의 옆에 읍을 했다. 처음이자 마지막인 이 조우에서 그는 인쇄물을 살펴보더니 이렇다저렇다 말 없이 돌려주었다. 그리고 곧 그가 얼결에 세상을 등짐으로써 다시 만날 기회는 없어졌다. 그러나 그 뒤로 나는 그의 시를 졸업하고 마침내 내 시로 옮겨가기에 이르렀다고 말할 수 있다. 어느 식이든 만남은 중요한 것이다. 그렇게라도 그를 만나지 않았더라면 그의 신화를 일상으로 주저앉히기란 요원했을 것이다. 그가 간 다음 도봉 동 묘지의 흉상을 보면서 나는 그가 내 시에 대해 무슨 말을 하고 있는가가 중요한 게 아니라 나 자신이 무슨 말을 하고 있는가가 더 중요하다는 사실을 알아야 한다고 다짐했던 듯싶다.

나는 소설에서는 아직도 거위를 거론하지 못했다. 언제 거론 하게 될지도 불투명하다. 아니, 갈매기를 쓰면서 이미 붕을 거론했다고 했으니, 이미 거위도 등장한 셈이 되겠다. 어쨌든 나는 '거위＋붕새'의 방정식이 퇴화가 즉 진화가 되는 방정식으로 맞물려 하나의 세계로 나아간다는 생각의 소설을 꿈꾸는 것만은 아직도 버리지 않고 있다.

여기에 거위가 있다. 그림을 그리고 뒷장에 김수영의 시도 적어놓는다. '시여, 침을 뱉으라'고 절규했던 그가 얼마나 나약하고 선병질적이었던가를, 목을 뺀 거위는 증언하고 경계하며 울려는 것 같다. 이 미학 어느 전율 사이에 여자의 원피스가 바람에 날리고 있다.

막다른 골목길의 새

이상李箱의 '막다른 골목'은 어디일까.

어느 날, 지하철 경복궁역 4번 출구로 나서서 청와대 쪽으로 고즈넉한 길을 걷다가 '보안여관'이라는 얄궂은 이름의 낡은 간판을 본다. 옛날 여관은 이런 몰골이었지, 하며 과거의 나로 돌아가 기웃거리는 순간 입구의 작은 안내판이 눈에 들어온다. 깨알 같은 글자 가운데 '서정주 등이 시인부락을 만든 곳'이라는 구절을 읽는다. 아, 그랬었구나. 여관 건물은 옛 모습을 그대로 간직한 채 지금 미술 전시관으로 사용되고 있다. 그리고 신문기사에는 다음과 같은 구절도 검색한다.

막다른 골목길의 새 | 캔버스에 아크릴과 오일스틱 72×90cm, 2010

일제강점기인 1936년 서울 종로 통의동에 22살의 청년 서정주가 나타났다. 경복궁 근처 허름한 여관에 짐을 푼 서정주는 김동리, 오장환, 김달진 등 동년배의 시인들과 문학동인지 '시인부락'을 만들었다. 통의通義(의가 통하다)라는 동네 이름 때문이었을까. 뜻을 같이한 이들의 작업을 오늘날의 학자들은 한국 현대문학의 본격적인 등장이라고 평가한다. 이들이 머리를 맞대고 젊음의 꿈과 희망, 현실에 대한 불만을 토론하던 곳. 1930년대 문을 연 통의동 2-1번지 보안여관은 처음 등장부터 일반 여관과는 달랐다.

청와대와 경복궁, 광화문, 영추문, 통인시장, 북악산, 인왕산으로 둘러싸인 통의동은 독특한 공간이다. 멀리 조선시대에는 겸재 정선과 추사 김정희가 태어나 수많은 얘기를 남겼고 시인 이상은 「오감도」에서 통의동을 '막다른 골목'이라고 표현했다.

― 박건형 《서울신문》 기자

겸재 정선, 추사 김정희 같은 이들이 태어난 곳이기도 하지만, 그에 앞서서 무엇보다 '세종대왕 나신 곳'으로도 기억되어야 하는데, 선뜻 이상의 이름이 가까이 다가온다. 그가 살았던 집은 길 건너 통인동이다. 하기야 말했다시피 엎어지면 코 닿을 거리라고 표현해도 되는, 같은 동네. 올망졸망한 동네들의 서촌은 온통 골목길이 미로처럼 이어진다. 그 '막다른 골목'들마다 이상의, 혹은 이상의 아해들의 그림자가 어려 있는 곳.

2010년은 그의 탄생 백 주년이 되는 해. 언제나 현실이 아닌 환상 속 인물로 여겨지던 그였다. 그는 건축을 공부했고, 시와 소설을 썼으며, 또 그림도 그렸다. 예전의 그가 관념 속의 이상이었다면 나는 비로소 그의 존재를 현실 속에 구체적으로 받아들이고 있었다. 게다가 최근에 그의 난해한 시들을 새로운 독법으로 일목요연하게 정리한 권영민 교수의 『이상 전집』도 큰 도움이었다. 친구인 구본웅 화가가 선물한 오얏나무(李) 화구상자(箱)에서 본명 김해경 대신 필명 이상을 쓰게 되었다든가, '且八'은 '具'의 파자라든가, 지하실에서 썹고 있는 '콘크리트'는 빵의 비유라든가 하는 해석은 쉽고 유효했다. 아울러 가수 겸 화가인 조영남이 그를 '최초 최후의 다다이스트'로 추앙하여 벼르다가 쓴 책 『이상은 이상異狀 이상以上이다』의 진정성도 살갑게 다가왔다.

그러나 어쨌든 모든 설정을 떠나서 그는 언제나 '막다른 골목'의 수수께끼 같은 모습일 뿐. 암호와 상징의 문학이요, 삶이다. 아니, 언어도단의 문학이 신기루처럼 저기에 있다. 그러니까 그 자체를 실상으로 받아들이지 않으면 안 된다. 백년이 된 사람이 지금의 우리보다 더 현대적으로 읽히기도 하는 마술이다. 그가 앓은 폐결핵이 「동백꽃」의 김유정이 앓은 폐결핵과는 다른 '거동수상'의 치명致命을 말하고 있는 것도 같은 맥락이다.

숨막히는 현실에서 그의 '날개'란 한낱 남루의 이름에 지나지 않았는가. 그의 영혼의 방황에 그저 가슴이 막막할 뿐이다. 하지만 지금도 우리는 누구나 스스로에게 '날자꾸나'를 외치며 발버둥칠 수밖에 없는 존재라 할 때, 그 역시 시간을 뛰어 넘어 현존재로 어느 골목엔가 살아 있다. 그래서 서촌의 미로를 헤매면 여기저기 자리잡은 카페마다 그가 경영했던 제비, 무기(麥), 69 등의 이름이 떠오르며, 봉두난발의 그가 담배를 피워물고 신음처럼 '날자꾸나!'를 내뱉는 소리가 들리는 듯하다.

뒤늦게 일본으로 간 그는 '거동수상자'로 경찰에 붙잡혀 조사를 받고 병약한 몸을 이승에서 거두고 만다. 27세의 나이였다. '반도인'으로서 하는 일도 없는 폐결핵 환자인만큼 거동이 수상하기야 했겠지만, '날개'를 달고자 한 그의 의지가 더욱 그렇게 보였으리라.

그의 탄생 백 주년을 맞이하여 민정기, 서용선, 오원배, 황주리, 김선두, 이인, 최석운, 한생곤, 이이남 화가들과 나까지 그의 모습을 담은 작업을 선보였다. 이상 자신이 화가였으니, 화가들의 작업은 이제까지와는 남다른 면모를 보여줄 것이라는 기대와 함께. 그러나 어떤 화가라 할지라도 그를 그리는 건 아예 불가능할지 모른다. 그의 예술 자체가 불가능의 비상

이상의 오감도 | 종이에 아크릴릭 66×43.5㎝, 2014

飛翔을 뜻하기 때문이다. 그렇다면 그의 '날자꾸나'를 화폭에 담아낼 불가능의 미학 또한 우리의 몫이 아닐까.

교보문고가 주최하는 이 행사에 여러 화가들과 함께 참여하게 된 나는 지난해부터 이상의 「오감도」를 생각하고 있었다. 이상, 할 때 「오감도」는 뭐 그리 특별한 생각도 아닐 것이다. 그러나 정확하게 말하면, 그의 시에 나오는 '육면체'가 늘 머리를 떠나지 않았다고 해야 한다. 나는 오래 전부터 그가 노리고 있는 포인트는 무슨 까마귀 종류나 골목보다도 이 '육면체'의 정체에 있다는 생각이 짙었다. 이 '육면체'란 무엇인가. 그것은 '정육면체'로서 '순수'라고 그는 시 구절에서 알기 쉽게 암시하지 않았던가. 그는 건축학도이므로 구球보다는 '면체面體'에 더 집착할 수밖에 없었고, 따라서 그의 지향점이라고 나는 받아들였다.

나는 그림을 그렸다. 그의 친구인 구본웅이 그린 '초상'을 본뜨고 물론 까마귀 비슷한 새도 그렸다. 거기에 나는 정육면체를 놓았던 것이다. 그림은 직접 볼 수 있는 것이겠기에 이만 설명하겠지만, 그림 그림을 그린 텍스트는 구체적으로 어떤 작품이란 말인가. 「오감도」이긴 한데 어느 한 작품으로 한정시키고 싶지 않은, 한정시키지 못하는 내 의지가 있었다.

그림과 시는 광화문 교보문고 매장의 전시장소와 부남미술관과 선유도 전시장에 내걸렸고, 도록에도 실렸다.
우리 문학의 골목에서 '날자, 날아보자꾸나!'를 외치는 사람에게 어느날 '정육면체'의 비밀은 저절로 풀릴 것은 물론 그 자신도 막다른 골목에서 환히 벗어나리라는 희망을 품어본다. 이상은 언제나 희망과 절망의 양면 얼굴로 저기에 담배를 피워물고 있구나.

나의 이상문학상 수상작 『하얀 배』는 1994년 중앙아시아에 다시 갔다 와서 비로소 쓴 것이었다. 처음 1992년에 갔을 때는 그곳의 이야기를 쓰지 않으려 했었다. 그러다가 다시 가서 무엇인가 우리 말과 글을 소재로 써야겠다고 마음먹었다. 우리와 동떨어져 살고 있는 우리 민족이 우리 말 우리 글을 쓰고 있는 것 자체가 숭고한 것이었다. 나는 작가로서 그 사실을 쓰지 않으면 안되었다. 그것이 나의 삶이고 우리의 삶이었다. 이로써 이상이라는 '거동 수상자'의 문학을 조금이라도 따라가서 '날개'를 달 수 있었는가. 나는 중앙아시아의 광야에서 물어보고 싶었다. 그래야만 '박제가 된 천재'는 숨을 쉬며 살아나지 않겠는가.

20대에 받아들인 그는 내게 늘 살아 있는 존재였다. 지금도 역시 그러하다. 그는 언제나 서울 서촌의 '도로로 질주'한다. 그리고 '날자꾸나'를 외치고 있다. 그럼으로써 그는 젊은, 어린 '아해'의 순수를 보여준다. 순수를 잃으면 문학은 자멸하고 만다고 믿는 나는 그가 그러한 삶의 귀감이라고 여긴다. 그의 『오감도』는 내 삶을 내려다보며 갈 길을 알려주는 한 마리 새를 말하고 있는 게 아닐까, 하고 나는 가끔 하늘을 올려다본다.

짜라투스트라의 '이렇게'를 위하여

짜라투스트라를 처음 만났을 때, 내 나이는 19세였다.

19세, 내게도 그 나이가 있었다. 시를 썼던 소년은 긍정과 부정 속에 카오스적인 나날을 헤쳐 나가고 있었다. 시가 과연 등대의 불빛이었는지 아니면 세이렌의 노랫소리였는지는 단정짓기 어렵다. 아마 둘 다였으리라. 19세의 젊음이 91세의 늙음과 같다고 여긴 인식이 내게 있었던 것처럼.

그러면서도 나는 니체를 멀리하고 싶었다. 수염부터 깎고 내게 나타나라고 말하고 싶었다. 나는 철저한 문학도였으며 실존주의자였다. 그 무렵 나는 실존주의며 형이상학이 문학이라는 사실을 잘 모르고 있었음에 틀림없었다. 더군다나 그는

정신병원에 갇혀 말년을 보냈다고 했다. 이런! 나는 정신병원에는 근처에 얼씬거리기도 싫었다. 아무리 혼돈이라고 해도 명징한 논리를 가지고 있지 않으면 안 된다. 그러나 나는 『짜라투스트라는 이렇게 말했다』를 읽을 수밖에 없었다. 짜라투스트라가 누구이기에 '이렇게' 말했단 말인가. 또 '이렇게'란 무엇이란 말인가.

흔히 조로아스터라고 알려진 이름보다 한결 고전적이고 엄격하게 들려오는 독일식 이름 짜라투스트라는 페르시아 배화교拜火教의 최고신 아후라마즈다의 후계자라고 했다. 헤세의 『데미안』에도 선과 악을 동시에 갖춘 신격으로 등장한다고 했다. 니체는 이 신격을 통해 자신의 체계를 새로 세우는 데서 '이렇게 말했다'를 쓰게 된다. 즉, '이렇게'는 예전의 짜라투스트라가 아니라 새로운 짜라투스트라의 말을 뜻한다.

내가 니체를 멀리하고 싶었던 것은 그가 부정적인 생각에 빠져 있는 어두운 사람이라는 선입견 때문이었다. 그런 요소가 없지 않은 것은 루 살로메가 그를 버린 사실에서 어느 정도

짜라투스트라의 이렇게 | 캔버스에 아크릴 32×41㎝, 2011
짜라투스트라의 이렇게 | 종이에 아크릴 24×27.5㎝, 2011

감지할 수 있다는 게 내 판단이었다. 나는 이 여자가 릴케와 함께 러시아로 가서 마차 여행을 하는 사진을 보고 가슴이 뭉클한 바 있었다. 그때 나는 릴케의 그림자를 찾아 두이노로 가고 싶은 소년이었던 것이다. 여기에 릴케와 니체의 수염의 차이점이 있다.

어느 날 새벽 불현 듯 일어나 배화교도처럼 불꽃을 그리기 시작했다(앞 그림). 하늘에도 땅에도 불이 있다. 하늘의 붉은 태양 한가운데는 적옥赤玉을 넣었다. 땅의 불은 커다란 엉겅퀴 꽃처럼도 보인다. 하늘의 불과 땅의 불을 향해 가는 길에 누군가 무릎을 꿇고 기도를 올린다. 짜라투스트라일까, 아후라 마즈다일까, 니체일까, 혹은 나일까, 당신일까. 모두 다일 수 있다.

멀리 있는 뜬구름의 피안을 말하지 말고 지금 여기, 나를 말하라. 독존獨尊으로부터 시작하라. 불꽃처럼 뜨겁고 환하게 나를 밝혀, 새로운 긍정을 얻어라.

또 하나의 그림(뒤)은 아마도 불이 잦아든 다음의 상태 같아

보인다. 태양 한가운데 도형이 자리잡고 기도하던 사람은 어디론가 사라지고 없다. 도형이란 혼돈을 극복하고야 나타나기 마련이다. 사람은 새의 상징에 먹혀버렸을지라도 길 위에 기도를 남겼다. 한 마리 짐승이 여전한 연속성으로 길 위에 있는 까닭이다.

이것이 어느 날 새벽의 나의 '이렇게'이다. 꿈과 현실의 가운데 나의 '이렇게'가 놓이는 자리가 있다.

신은 죽었다느니 살았다느니 내가 말할 필요가 있을까. 40대 중반의 뒤늦은 나이에 러시아에 가서 얼어죽기를 불사하고 먼 길을 가던 나를 저 길 위에 놓아보는 새벽. 뜨겁고 환한 불꽃은 아득하기만 하여, 나 홀로 배화경拜火經 한 줄이라도 베끼리라 한다. 기도를 올리려 한다. 늘 새로운 '이렇게'를 위하여.

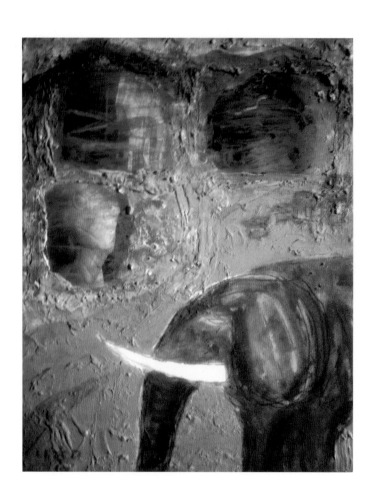

세종마을의 코끼리

코끼리는 항상 무언가를 생각하게 한다. '코끼리 象'이라는 한자 훈도 그것을 뒷받침한다. 이 경우 코끼리는 한 마리 짐승을 떠나 '꼴, 모양'이 된다. 그래서 나는 코끼리 앞에서 한 템포 숨을 가다듬는가. 삶이 이렇게 흘러왔는데도, 어김없이. 어느날 서울 거리를 걷다가도 문득 '서울에는 코끼리가 많다'고 중얼거린다. 그럴 리가 없다. 한국 환경에 코끼리는 견딜 재간이 없다. 그렇지만 실제로 코끼리의 모습은 도처에 머리를 내민다. 그림에서처럼, 세종문화관에도 어느 작가의 작품으로 있고, 조계사 한 귀퉁이에도 있고, 인사동 골동가게의 나무조각에도 있다. 불과 한나절에 만난 코끼리들이다. '거상

세종마을의 코끼리 | 종이에 건축용 퍼티와 아크릴 31.5×41cm, 2011

Giant Elefant'이라는 전시회에서 본 인도 그림에는 집안 거실에 꽉 들어찬 코끼리도 볼 수 있었다.

오래 전에 무슨 기록을 읽다가 옛날 중국에서 선물로 보내온 코끼리 한 쌍에 대해서 알게 되었다. 그러나 그 코끼리들은 제대로 키워지지 못 하고 결국은 멀리 남쪽 섬 어딘가에까지 보내졌다가 그만 죽고 말았다는 것이었다.

그런데 이번에는 내가 코끼리를 불러온다. 서울에서 만난 코끼리들의 '모양'이 산기슭에 놓여진다. 그리고 한 마리의 코끼리가 있다. 문학이든 미술이든 코끼리는 흔히 상투적으로 등장한다. 우리 문학에도 코끼리는 고양이나 개와 함께 이미 대표적으로 낡은 짐승이 되어 있다. 그러므로 등장해서는 곤란한 '모양'으로 찍혀 있다. 그럼에도 불구하고 나는 '모양'으로서의 상象징이 될 코끼리를 그릴 수밖에 없는 것이다.

죽은 김점선 화가도 코끼리를 그렸다.

"이거 돈황 같지 않아?!"

꽃과 어울린 코끼리를 그린 자신의 그림을 보고 한 말이라고 했다. 나는 무시로 그 그림을 들여다보며, 그때마다 숨을 가다듬는다. 가다듬게 되고 만다.

지난 겨울에 태국의 치앙마이에 가서 드디어 코끼리를 타고 냇물과 산등성이를 지났다. 언젠가 텔레비전에서 어린 코끼리를 조련하는 광경을 보고 코끼리는 절대 타지 말아야지 했었는데 단체행동을 어기기는 힘들었다. 머리에 올라타고 코끼리를 몰아가는 사내의 손에도 어김없이 날카로운 표창이 쥐어 있었다.

나는 치앙마이에 대하여 무슨 글을 쓰고자 했었다. 그곳 이야기를 많이 들은 바도 있었다. 잠깐의 환기로 서울의 겨울 추위를 건너뛰어보려고 간다고 했지만, 여러 가지 함의가 있었다. 그곳은 오늘날의 태국과는 역사의 뿌리가 다른 나라였다고 했다. 그 이야기를 먼저 해준 김수남 사진작가를 나는 추억하고 싶었던 것이다. 그는 사진을 찍으려고 그 나라에 살다시피했었다. 그러다가 불의에 세상을 떠났다.

아득한 고등학교 시절에 그는 문예반 후배였다. 그로부터 대학에서도 사회에서도 삶의 궤적이 가까이로만 얽이곤 했다. 그리고 우리는 어울리는 술꾼이었다. 술에 심취하여 살았던 나날, 어울리는 술꾼을 만나기도 쉬운 일이 아니었다. 그것은 축복이었다. 그는 수줍음을 잘 타면서도 호기로운 사내였다. 그런데, 삶의 총체적 정리가 남아 있는데, 그만 산화散華하고 말았다. 치앙마이에 나는 '산화가散花歌'로서 한 줄의 글이라도 쓰고 싶었다.

나는 코끼리를 타고 냇물을 따라 내려가며 그를 생각했다. 무슨 생각을 하지? 하며 그를 생각하려고 애썼다. 코끼리 먹이 바나나에 얼마를 내야 하는지 계산하면서도 그를 생각하려고…. 그러나 이제 와서 그에 대하여 무엇을 생각한단 말인가. 생각은 흩어지고 바래졌다. 추억은 생각으로써 절실해지지 않고 '모양'으로써 절실해진다고 코끼리는 가르쳐주려는 것 같았다. 그도 여기서 이렇게 코끼리를 탔으려니 하고 나는 가까움을 느끼려 했다. 그러나 산화가고 글이고 뭐고 다 흩어져버리는 산화散花가 있을 뿐이었다.

하지만, 하지만.

나는 그 코끼리를 서울로 끌고 왔는지도 몰랐다. 그곳에는 훈련하여 그림을 그리는 코끼리도 있었다. 끌고 온 코끼리가 그 녀석인지는 자신 없지만, 작업실이 있는 서촌을 굳이 세종마을로 바꾸겠다는 주민 결의와 함께 「세종마을의 코끼리」로 형상形象화한다. 인왕산 밑에 서 있는 이 코끼리로 하여금 어느 날 산화가를 부르게 할 날 있으리니!

두무진과 회화나무의 심청

백령도

여러 해 전에는 해수관음을 보려고 갔었다. 인천에서부터 그 큰 돌을 옮겨오는 것부터가 보통 일이 아니었다고 했다. 해수관음이 바라보는 곳은 어디인가. 나는 그때 비로소 그 앞바다로 나아가면 인당수가 있음을 알았다. 옛날 심청이 제물로 바다에 바쳐진 그 바다였다. 하지만 좀더 자세히 알아보면 인당수는 그곳으로부터 상당히 먼 바다에 있다. 즉, 건너편 장산곶의 앞바다에 가까운 것이다. 장산곶이라면 먼저 고등학교 음악교과서에 실려 있던 「장산곶타령」이라는 노래가 어렴풋이 떠오른다

백령도 두무진 | 캔버스에 아크릴 45.5×53㎝, 2011

장산곶 마루에 북소리 나더니

오늘도 상봉에 님 만나 보겠네

에헤요 에헤요 에헤요

오늘도 상봉에 님 만나 보겠네.

길 길은 멀구요

행선은 더디니

늦바람 불라고 성황님 조른다

에헤요 에헤요 에헤요

성황님 조른다.

그리고 3절도 있는데 그것까지는 더 검색해 옮길 필요가 없을 것이다. 그런데 '타령'에서 첫 절은 아무래도 '인당수의 심청'과는 무관해 보인다. '북소리'는 무엇이며 왜 '님 만나'는 장면이 나온단 말인가. 그러나 2절은 다르다. 바람이 불어서 배가 늦게 가니 성황님에게 조른다는 것이다. 뱃사람들이

'성황님 조른다'는 것이 처녀를 제물로 인당수 바다에 바치게
되어 심청은 팔려가게 된다.

예전과는 달리 이번에는 세미나를 한다고 간 길이었다. 다시
본 두무진의 기암괴석은 그대로였다. 다만 예전에는 해식애
의 절벽에 가마우지 똥이 더 하얗게 덧씌워져 있었다는 느낌.
아마도 첫인상이어서 더 강렬했는지도 모른다. 희귀한 천연
기념물 물범을 다시 보았어도 그런가 보다 하고만 받아들여
졌다. 이 무감동이야말로 생의 마모 현상이 아닐까 싶었다.
이제 생은 하루하루가 감동인데, 다른 한편 무감동이 큰 공동
으로 밀려들어와 있다는 사실. 나는 그 바닷물에 깎인 절벽을
마음에 새겨놓아야 한다고 마음먹는다.

가마우지는 여전히 절벽을 날아 붙는다. 그러므로 이 장면 역
시 '새의 말을 듣다'는 화두의 한 순간일 수 있다. 새로서 나
를 의인擬人하고 나는 절벽으로서 의인인 나를 받아들이고 있
다. 유람선을 탄 나 자신이 의인이기도 하다. 내가 나를 의인
화함은 내 절명絶命을 순탄하게 맞이하려는 액막이이기도 하

다. 그런 뜻에서 바다에 던져진 심청은 내 여자로 변하여 바다에 피어난다. 그런데 문제는 심청의 모습을 내 여자로 구체화시키면 나 또한 구체화시키게 된다는 한계에 이른다는 것이다. 이것이 구체성의 한계이다. 구체성은 사랑을 배반한다. 그래서 나는 자연을 구체화시키면 안 된다. 두무진의 가마우지 절벽 앞에서 나는 나를 버려야 한다. 왜 태어났느냐고 물으면 안 된다. 나는 해식애의 절벽 어디에 가마우지똥처럼 희끗희끗 붙어 있기 때문이다. 심청이 탄 배는 반야용선으로 멀리 떠나갔기 때문이다.

장산곶 마루에서 울리는 북소리는 반야용선이 떠나는 신호이다. 그리고 머잖아 심청은 '님'을 만난다. 그 만남의 곳 '상봉'에 우리는 있다. 내가 나를 버린 그곳에서 우리는 만난다. 살아온 결과 얻게 된 삶의 숭엄함이다.

섬으로 떠나기 며칠 전, 조계사 앞뜰에서 본 '인당수'는 과연 무슨 인연이었는가. 누구의 설치라는 안내문도 없이 오방색 천들을 회화나무를 둘러 가로세로 공중에 늘이고, 제목을 「인당수」라고 했다. 본래 회화나무가 많아서 회화나무골이라고 불렸던 동네였다. 나는 종종 회화나무를 만나러 가서 새알옹심이 점심을 먹거나 '가피' 차를 마시기도 했다. 어떤 때는 나무를 쓰다듬곤 한다. 둥치에 이끼까지 긴 오랜 회화나무. 그날, 뜻밖에 앞뜰 가득 뒤덮인 '인당수'에 나는 어리둥절했다. 놀라운 상상력은 순식간에 나를 싣고 그 바다로 데려다놓았다. 그 '상봉'에서 심청이 말하고 있었음에 틀림없었다.

눈을 떠라.

그리고 나는 섬에 이르러 있는 나를 본다. 산등성이에 지어놓은 심청각에 올라 인당수를 가늠해본다. 나는 새의 말을 듣고자 귀를 기울인다. 멀리 희끄무레한 안개 속 어디인가 오방색의 천을 두른 인당수가 깊게 맴돈다. 두무진의 절벽 위 '상봉'에서, 회화나무 위 '상봉'에서 '님'의 말이 들려온다.

눈을 떠라.

꽃의 말을 듣다

'꽃'은 오래된 화두다. 그런데 곧 문제에 부딪친다. 꽃, 하면 먼저 '아름답다'는 말이 앞서면서 다른 말들을 가려버린다는 점이다. 그렇다고 해서 '꽃은 아름답지 않다'고 우기며 접근할 수는 없다. '아름답다'의 '아름'도 'ㅇ'과 'ㅏ'의 밝은 어울림과 'ㄹ'의 굴러가는 매끄러움으로 진실에 다가가기 어렵다는 생각이 든다. 예쁘되 아픔을 간직하지 않으면 안된다.

그러면서 전시회에 내다걸 그림들을 정리한다. 우선 수많은 엉겅퀴들이 있다. 종이상자를 버리지 못하고 엉겅퀴들을 그려 쌓아놓은 게 벽을 메운다. 엉겅퀴, 엉겅퀴, 엉겅퀴, 엉겅퀴들…한 번은 인천 앞바다 섬에서 보았다고 어느 잡지에 글을

꽃의 말을 듣다 ㅣ 캔버스에 아크릴 45.5×53㎝, 2011

쓰고 그림도 그린 노란 엉겅퀴도 있다…. 나중에 엉겅퀴가 아니라 방가지똥이라는 사실을 알고 가슴을 쓸어내리기도 한 그 노란 꽃은 옆으로 내려놓을 수밖에 없다.

그러다가 패모貝母꽃을 본다. 얼마 전에 『문학의 오늘』이라는 문예지의 창간호에 실은 단편소설에 나오는 꽃. 텔레비전에서 '차마고도' 다큐멘터리를 보다가 언뜻 스쳐가듯 나온 장면을 나는 잊지 않고 있었다. 티베트 가까운 험난한 산악지대에 살며 주로 소금 장사를 하는 사람들인 '마방'의 모습을 다룬 필름이었다. 그들이 잠깐 머문 동안 풀숲에서 캐는 풀뿌리, 그것이 패모의 뿌리였다. 처음에 나는 그 장면을 자세히 볼 기회가 없었다. 무엇인가 보여주긴 하는데, 어느새 지나가버린 뒤였다. 무엇일까. 손바닥에 몇 개 놓여진 그것은 백합이나 나리의 뿌리 비슷하게 보였으나 좀 더 엉성하고 작은 비늘줄기 뿌리였다. 그런데 그것이 중국에서 비싼 약재로 쓰인다고 했다. 패모라는 낯선 이름도 산모에게 좋은 약이기 때문에 붙여졌다는 설명이었다.

무엇일까, 하고 살펴본 그것은 패모였다. 아, 패모였구나. 나
는 반가웠다. 패모를 처음 안 것은 꽤 여러 해 전이었다. 우리
자생화를 공부하던 시절, 우연히 맞닥뜨려서 구한 것이 해마
다 꽃을 피워주었고, 단순히 아름답다기보다 어딘가 어둡고
깊은 모습에 나름대로 마음을 쏟았다. 어찌 보면 아름답다는
표현은 먼 꽃일 수도 있었다. 독약이 되는 바곳의 부자꽃 같
이 얼룩을 띤 꽃. 하여튼 나는 무작정 반가웠다. 내가 홀로 키
워 은밀히 보던 꽃의 뿌리!

패모를 구해서 꽃을 기다리던 무렵, 반 고흐의 화집에서 그
꽃그림을 본 것은 뜻밖이었다. 그 그림은 일본에 가서 우연히
산 고흐 그림 전집에 실려 있었다. 다짜고짜 이끌려 들어갔다
가 마침 세일 기간이라고 해서 산 책이었다. 고흐를 유난히
좋아하는 일행들에게 공연히 어깃장이라도 놓는 심정으로 마
지못한 듯 들고온 기억이 새로웠다. 귀한 전집에는 고흐의 모
든 작품이 모아져 있었으며, 그로부터 내 애장본이 되기에 그
보다 더한 책이 없었다. 책갈피를 넘기며 나는 몇 점의 그림

을 모사하기도 했다. 거기에 잘 알려지지 않은 채 실려 있는 '서양 패모꽃'! 물론 '서양'이라는 수식어가 붙은 모든 것들이 그렇듯이 상당히 역동적이며 화려한 꽃이긴 했다. 그러나 패모의 본모습은 어쩔 수 없이 그대로였다.

소설에 패모꽃을 등장시키면서도 나는 이런 고흐 그림 이야기를 빼먹고 말았다. 어쩌면 소설의 분위기를 저해할까 봐서였을까. 내가 소설에서 그리는 패모꽃은 '서양' 것이 아니라 '동양' 것이기 때문에? 아니면 소설의 가지치기 수법으로 쓰기에는 고흐의 세계는 너무 멀리 가 있기 때문에? 모를 일이었다.

소설을 쓴 다음 패모꽃을 넣고 그린 그림을 다시 보면서, 소설의 제목 「꽃의 말을 듣다」를 그림의 제목으로 삼는다. 꽃은 내가 그 이름을 불러주기 전에는 다만 하나의 몸짓에 지나지 않는다는 시가 떠오른다. 그 사랑의 절절한 이름부름에 밤새 시를 부둥켜안았던 소년 시절이 다가온다. 소년은 쉽게 늙고 배움은 이루기 어렵다. 꽃과 글과 내가 과연 어디에 있는지

가늠하기 힘들다. 오랜 시간이 흐른 다음 또 하나의 진실 앞에 무릎을 굽히고 있는 나는 누구인가. 어느 순간, 꽃의 이름을 부르는 순간, 꽃은 사라지고 그 이름밖에 남지 않는다는 무서운 세계에 이른다. 부둥켜안고 몸부림친 결과가 이것이었던가. 실재와 명목의 허방에 서서 나는 허우적거린다. 아래가 보이지 않는 낭떠러지. 나는 차안과 피안에 양발을 딛고 있다. 어떤 철학자가 화두로 삼았다 하더라도 상관없다. 나는 몸짓인가, 이름인가.

문학 앞에 고개 숙여 핀 꽃이 있다. 한 발 앞을 가려 해도 막막한, 아무도 없는 황무의 땅에 피어 있는 꽃. 누군가 다만 귀를 기울이고 있다.

천상의 꽃, 지상의 별

봄은 짧게 지나갔다. 그러나 그 짧은 동안 화집과 소설집을
낼 수 있어서, 삶이 고마웠다. 화집을 냈다는 것은 그림 전시
회를 했다는 말의 동의어이다. 나로서는 인생의 다른 길을 열
어 보인 것이다. 그런데 전시회도 끝나고 한참을 지나 다음과
같은 신문기사를 본다.

최근 들어 미술계 밖 인사들의 전시가 늘어나고 있다. 가수 조영
남과 영화배우 하정우에 이어 소설가 윤후명 씨까지 합세했다.
하지만 미술계의 시선은 여전히 차갑다. 그래봤자 아마추어가 아
니냐는 따가운 시선이다. 미술담당 기자들도 이런 분위기에서 자

사랑의 길－자화상 | 사진출력에 아크릴 73×92㎝, 2012

유롭지 못하다. 자연히 취재 대상에서 이들은 열외됐다. 마음속으론 작품이 괜찮다 싶어도 애써 외면하기도 했다. 때론 연예계나 문단의 이야기라며 그쪽으로 밀었다.

이런 속내를 간파했는지 지난밤 인사동에서 만난 최석운 화가가 다짜고짜 "얼마 전에 끝난 윤후명 전시를 봤냐"고 다그쳤다. 못 봤다고 하자 대뜸 "용감하지 못한 자세입니다. 비겁한 거지요"라는 힐책이 날아왔다. 평소 이런저런 미술계 이야기를 허물없이 나누는 사이지만 날선 추궁엔 당황할 수밖에 없었다. 미술계 취재를 오래 했으니 이젠 미술판의 고정된 시각에서도 자유로워질 때가 되지 않았느냐는 채근이었다. 그는 윤씨 그림에 대해 "작품과 삶이 일치되는 모습에서 진실의 힘마저 느껴진다"고 극찬했다. 무조건 평가절하하는 미술계 풍토에서 신선하게 다가왔다.

이 같은 얘기를 바로 당사자인 윤씨에게 전하자 쑥스러워하면서도 환하게 웃었다. "글 쓰는 사람은 '글감옥'이란 족쇄에서 벗어날 수가 없는데 미술을 통해 그 제약에서 자유로워졌다"고 했다. 그러면서 그는 "예전엔 예술인들이 경계를 넘나들며 교류를 했다"며 명동 시절을 회고했다.

요즘 현실은 시인과 소설가도 서로 모르고 지내는 시대다. 윤씨는 이런 현상이 바람직하지 못하다며 예술분야에서도 융합, 통섭이 절실히 요구된다고 강조했다. 그래야만 각자의 것에서 '우리 것, 우리의 문화'를 만들어 낼 수 있다는 것이다. 실제로 백남준의 작품 속엔 시인 이상의 시세계가 융합돼 있다는 것이 전문가들의 분석이다. K-팝도 예외가 아니다.

글이나 그림이나 장르에만 갇혀 있으면 안 된다는 것이 윤씨의 지론이다. 가령 사랑이 글자로서의 사랑, 빛으로서의 사랑으로 딱 분리되는 것은 아니다. 전체적인 예술의 형태 속에서 추구돼야 한다. 이상일 수는 있어도 글자의 획과 그림의 붓질이 다 동원돼야 하나의 삶이 이뤄질 수 있다. 너무 한쪽에만 치우쳐 전체의 모습을 보지 않으면 우리 삶이 빈곤해질 것이다.

삶의 풍요로움, 그것이 예술의 본령이다. 윤씨는 "시 작업을 하다가 소설을 썼을 때는 다른 나를 표현하고 싶다는 생각이 있었고, 지금 그림으로 넘어올 때도 또 다른 차원에서 나를 발견하고 싶었다"며 "'이렇게도 할 수 있구나' 확인할 수 있어서 나에게는 새로운 발견 내지 자아의 확대와 같았다"고 털어 놓았다. 그도 이전엔 그림은 '남의 것'이나 '다른 세계'로 여겼다.

문화계에서도 작게나마 융합의 움직임이 활발하다. 대표적인 사례가 한국작가회의와 대산문화재단이 마련하는 '탄생 100주년 문인 기념문화제'에 화가들을 참여시킨 것이다. 그동안 이상, 피천득, 박태원 등 문인들의 작품을 소재로, 미술 전시회가 열렸다. 민정기, 김선두, 한생곤, 최석운 등 많은 화가들이 기념문화제 전시에 참여했다.

오는 9월에는 시인 백석 탄생100주년을 맞아 문학 그림전이 인사동 통인옥션갤러리에서 열린다. 김덕기, 김선두, 서용선, 오원배, 박영근, 이인, 임만혁, 전영근, 최석운, 황주리 등 화가들이 동참할 예정이다. 화가들에겐 스토리텔링이 강화되고, 대중과의 소통 채널이 돼 준다는 점에서 긍정적인 요인으로 작용하고 있다.

화가들도 미술계 밖 인사들의 미술전시회에 대해 예전같이 부정

적이지만은 않다. 여느 작가의 뜨거운 가슴 못지않게 진정성을
지녔다면, 이제 다가가 좋은 작품에 대해 좋다고 열광해 보자. 칭
찬(인정)에 인색하면 좋은 예술가가 나오지 않는다.

미술인이 영화는 물론 연극 등 무대예술에도 동참해 보라. 예술
계의 크로스오버가 생각지도 못했던 시너지 효과를 가져다 줄 것
이다. 진정성만 있다면 예술계에 활력소가 된다. 장르 폐쇄주의
를 이제는 넘어서야 할 때다. 시인과 소설가와 화가가 자주 어울
리는 모습을 보고 싶다.

— 편완식《세계일보》문화선임기자

기사를 읽으며 문득 시화전이라는 낱말이 옛날 이야기처럼
살아나는 걸 느꼈다. 그래서 지하철 유리문에 씌어 있는 「사
랑의 길」이라는 내 시에 한 사람의 또 다른 나를 가져다 놓은
그림을 다시 꺼낸다. 시의 글씨가 흐리므로 옮겨 적는다.

먼 길을 가야만 한다

말하자면 어젯밤에도

은하수를 건너온 것이다

갈 길은 늘 아득하다

몸에 별똥별을 맞으며 우주를 건너야 한다

그게 사랑이다

언젠가 사라질 때까지

그게 사랑이다

그리고 '별은 천상의 꽃'(고흐)이라는 말과 '꽃은 지상의 별'
(마티스)이라는 말을 조합하여 그림 제목으로 쓰면 어떨까 생
각한다. 그림에서 고흐의 별과 마티스의 꽃을 모사해 그렸다
가 결국 지워버리고 나서… '지나온 별꽃과 꽃별을 지우다'라
고 입속으로 웅얼거리면서….

늪의 시집

시집을 냈다. 『명궁』(1967), 『홀로 상처 위에 등불을 켜다』(1992)에 이어 꼭 20년 만의 일이다. 이름 붙여 『쇠물닭의 책』. 올해 초에 육필시집이라고 해서 「먼지 같은 사랑」이라는 표제작을 비롯하여 거의 새로운 시들을 써서 펴내기도 했지만, 아무래도 기존 시집의 시가 몇 들어 있기에 젖혀놓으니, 세 번째 시집.

돌아보면 소설을 쓴다고 시를 멀리 두고 흘끗거리며 산 지도 십여 년이 된 듯하다. '듯하다'고 짐짓 남의 말처럼 가늠하고 있는 나 자신이 잠깐 처연하다. 그러면서 우리의 '한국시'가 과연 시로서 유효한가 하는 원초적 질문에서 벗어날 수 없었고, 그 물음표는 아직도 내 등짝에 지워지지 않고 있다. 과연 우리 시가 시인가? 따라서 서양의 소네트나 일본의 하이쿠나 우리의 3장시조 같은 게 늘 내게는 정형으로 어른거렸다. 현대시조라는 게 도대체 뭔지 시조시인들에게 물음을 던져도 시원스러운 답변을 들을 수 없었다. 시조가 시의 아류가 되어서는 안 되는 것이다. 진정한 우리 것을 확립하지 않고서는 글로벌이고 세계화고 다 필요없는 게 문학의 세계임을 되새길 필요가 있을 것이다.

"쇠물닭이란 뭐요?"

아련한 첫사랑의 그림자나 인생론이나 고담준론이나 깨달음 운운의 외마디를 시의 본령쯤으로 알아온 사람에게는 『쇠물닭의 책』은 낯선 제목이 되기에 십상이다. 한 줄기 빼어난 추론보다 삶의 넋두리가 내게는 더 다가오기 때문이다. 예쁜 것에는 진실이 없다는 말도 떠오른다. 넋두리가 아니라 이 세상에 존재하는 형태로서, 우리와 함께 삶을 나누는 동반자의 말이 된다. 쇠물닭은 우리의 늪에 둥지를 틀고 알을 낳아 번식

한다. 나는 자연을 교재로, 역사를 부교재로 삼는 문학 공부를 계속한다. 그리하여 마침내 나는 한 권의 책을 완성할 수 있을 것이다.

어렸을 적부터 오직 한 권의 책을 쓰기 시작한 인생이었다. 그러므로 쇠물닭이 품고 있는 알은 새가 되기 위하여 우리말로써 줄탁을 한다. 그리고 알을 깨고 나와 우리글을 쓴다. 나라는 존재 속에서는, 모든 사물은 한글로서 형상화된다. 그것을 베긴 것을 나의 문학이라고 한다.

물가에 서 있는 쇠물닭을 그린다. 나의 또 다른 모습이 아닐 수 없다.

　마름열매 까만 별처럼 물속에 가라앉은
　가을 늪에 이르렀다
　읽지 못하고 덮어둔 책들처럼
　가을 늪은 어둡다
　그러나 쇠물닭 날갯짓하던 물길은 어디엔가 있으리라고

눈을 열면 어두운 늪 속에 하늘이 열린다

어두운 게 아니라 맑은 것

땅과 함께 하늘이 열린다

푸드득푸드득, 살아온 날의 소리

가을은 잎사귀를 떨구며

뿌리마다 마음을 갈무리하고 있다

뿌리마다 마음을 닦고 있다

닦은 마음이 거울 되어 쇠물닭의 물길을 열면

읽지 못한 책들이

푸드득푸드득, 날개치며 살아나

맑은 페이지를 펼친다

마름열매 별빛에도 글자들이 매달린다.

쇠물닭의 책 | 캔버스에 아크릴 53×43.5cm(10호F), 2012

눈 내리는 밤, 나는

생애 몇 번째 이런 큰 눈을 맞는가. 어느 날 젊음이 갔다고들 해서 나는 '북관北關'에 이른 나를 본다. 젊어서부터 어서 늙고 싶었는데, 그렇게 된 것이다. 봄부터 기다려온 용담꽃이 피자마자 급전직하한 가을과 같다.

가을이 짙어지는 날, 백석 시인의 '백주년 탄생 기념'을 위한 전시회에 갔다. 훌륭한 시인을 기리는 전시회에는 훌륭한 그림들이 숨은 비늘처럼 번쩍여서 살맛이 겨웠다. 나는 백석 시인의 구절을 흉내내듯 국수틀을 밟아 메밀 삶은 물에 오르는 김을 쐬는 늙수그레 흐뭇한 영감태기처럼 지나온 내 살림살이를 섧게 바라볼 수 있었다. 섧다는 건 사랑이라고 말할 수 있었다. 그의 글투대로, 이제야, 나는 늙은 것을 수굿하니 받아들이던 것이다. 받아들이는 마음은 기쁜 마음이다.

백석의 시를 처음 본 것은 1970년대의 어느 날이었다. 그때는 금서여서 살금살금 남의 눈을 살피던 시절이었다. 절집의 시인 석지현이 내게 공책을 내밀며 이거 좀 봐, 좋아, 하길래 얼핏 눈을 주니 과연 놀라웠다. 그러고 오랜 세월이 흘러 '백 주년'이 되고 최동호 시인에게서 전집을 얻어 온 것이 올여름 언제였다.

물론 나는 그의 이름을 잊지 않고 있었다. 그의 한때 여인이었던 길상화 보살이 남긴 길상사에 몇 번 갔을 때도 그는 내 곁에 있었다. 「나와 나타샤와 흰 당나귀」를 읊조리며 남신의주 유동마을을 비칠거린 것도 내 모습이었다. 그러나 사는 게 '지는 것'이 아니라 해도 '더러워 버리는 것'이라고 자조해서는 안 된다고 되뇌곤 했었다.

지지난해의 박태원 기념 전시회나 지난해의 이상 기념 전시회에 그림을 내놓았기에 나는 뒤늦게 여기 한 모습의 백석을

그리기로 한다. 시인은 지금 두메산골 삼수갑산에 있다. 전집에서 본 생애의 마지막 부분에 속한다. 정권의 눈밖에 난 그는 양치기가 되기를 받아들이고 순순히 삶을 이어간다. '깊은 산골로 가 마가리에 살자'고 하며 나타샤를 기다린 그가 아니었던가.

그가 기다리던 나타샤는 결국 오지 않았을 것이다. 아무리 '눈은 푹푹 나리고' 밤은 깊어도 '아니 올 리 없다'던 나타샤는 오지 않았을 것이다. 그러니 그들을 태우고 갈 '흰 당나귀'는 아예 없었다. 나타샤가 누구인지 물어보는 말도 어리석기 그지없다. 그리고 그가 '순순히' 살았을 리는 만무하다는 아픔에 대해서 나는 입을 다문다.

나 역시 세상을 버리고 깊은 산골의 마가리, 즉 오막살이에 가서 살고자 한 마음이 없지 않았다. 그리고 산속을 헤매다 뜯어온 나물 몇 오리 약풀 몇 뿌리를 석양 파장에 내다놓고 생각 없이 앉아 있곤 하고 싶었다. 그것이 기다림이어도, 기다림이 아니어도 상관없었다. 구슬퍼진 내가 나를 구슬퍼하

양치기 백석 시인 | 캔버스에 아크릴 혼합재료 53×45.5㎝, 2012

며 이 구슬픔이 정말 구슬픈 것일까 머리를 주억거려도 좋았다. 그 빈 생각의 틈새로 '나타샤'를 그리워하며 잠깐 걸음을 옮기는 순간, 나는 살아 있다고 느낄 수 있을 것 같았다. 그 순간의 삶의 시렁에 내 글의 보퉁이를 끌러놓고 홀로 삼지닥나무 거친 종이일망정 한 글자 한 줄의 암호를 적어놓고 싶었다. 글쓴 자가 좀비로 되살아나야만 해독할 수 있는 암호. 시라고 해도, 소설이라고 해도, 또 다른 무엇이라고 해도 상관없는.

당나귀를 본 지도 오래되었다. 노새도 그렇다. 슬픈 짐승을 타고 그리운 이들조차 어디론가 다 가버린 뒤에도 내 암호는 길바닥 구겨진 마분지馬糞紙 한쪽 귀퉁이에서 홀로 소리내고 있는가. 마침내 그 위에 '눈이 푹푹 쌓이는 밤'이 오면 '응앙 응앙 울' 그리움들을 맞이하려 하고 있는가.

뿌리내림의 뜻

1969년 무렵 세종로의 문협에 가면 그를 볼 수 있었다. 그 무렵 나는 시 동인지인 '칠십년대'의 동인으로 그곳에서 일하던 김형영 시인을 만나러 드나들면서 자연히 그를 알게 되었다. 언제나 그는 책상에 노트를 펴놓고 무엇인가 열심히 쓰고 있었다. 한쪽에서 포커를 하든 바둑을 두든 아랑곳이 없었다. 직장에서 그렇게 열심히 소설을 써도 되는지는 모르겠지만, 하여튼 그의 모습은 잊혀지지 않는 귀감으로 남아 있다.

사실 그를 처음 대하면 부리부리한 짙은 눈썹부터 눈에 들어온다. 산적을 하다가 김동리 선생한테 붙들려 도리없이 주저앉혀 있는 모습이랄까. 나는 자주 그곳에 들락거렸으므로 김

시인이 없을라치면 찻집이며 술집이며 종종 그를 따라다니기도 했다. 불과 몇 백 명밖에 안 되는 문단 식구들이라 그저 글 쓴다는 것 하나로 너나없이 어울리던 시절이었다.

그런 그가, 산적 모습의 그가 화분의 나무에 비닐을 감아 뿌리내리기를 하고 있는 사실은 내게는 놀라운 일이었다. 식물을 좋아하는 나로서도 언젠가 그래봐야지 하던 방법을 그는 손쉽게 해내고 있었다. 노트에 빽빽이 소설을 써나가면서 나무를 돌보는 그가 경이로웠다.

"이 소설 제목 말야, 어떤 게 더 좋지?"

그리고 '장한몽'과 또 다른 제목을 놓고 의견을 물어오던 날이 있었다.

이문구의 모습을 볼 수 없게 된 지 벌써 10주기가 되었다고 한다. 무슨 일로 아현동에서 만난 날, 한잔 하자고 붙드는 내게 손을 흔들며 떠나가던 그의 '바바리코트'가 아직도 저 거리에 서성거릴 것만 같은데, 그는 어디에도 없다 못해 '없'는 것이다.

이문구 초상 | 캔버스에 아크릴과 목탄 53×45.5㎝, 2013

그러나 그가 작품 제목에 쓴 여러 나무들을 나는 생각한다. 으름나무, 고욤나무, 싸리나무, 소태나무…그냥 동원한 나무들이 아니라 향토에 그가 뿌리내려 키운 나무들이 틀림없다. 그의 뼛가루가 고향 나무들 아래 뿌려졌듯이 그 나무뿌리에 또한 그의 작품들이 있기 때문에 그는 오늘도 고향 보령 땅, 아니 이 나라 이 땅에 있다. 한때 나는 그가 노벨문학상을 타야 된다고 우겼는데, 그가 쓴 문장이 우리 향토에 뿌리내림으로 그렇게 얽혀 있음을 중요시한 뜻이었다.

그가 '없'는 지금도 누군가 노트에 글을 쓰고 있을 것만 같다. 깊은 밤, 누가 읽을지도 아득히 기약 없는 글을 쓰면서 남 몰래 심장을 저미는 사람이 있을 것만 같다. 이 야박하기만 한 땅에 뿌리를 내리고 홀로라도 그저 어떻게든 목숨만은 붙이고 살아 있기만 하라고 비는 사람이 있을 것만 같다. 그가 떠난 10년 동안 혹시라도 그런 사람 만났으면 하는 골똘한 마음 아직 살아 있는 외로운 밤이다.

서화첩을 그리며

시와 그림과 글, 자화상과 좌우명까지…. 문인과 화가가 만든 화첩 속 자신의 프로필은 다채로웠다. 서울 평창동 영인문학관(관장 강인숙)이 26일부터 6월 16일까지 여는 '화첩으로 보는 나의 프로필-문인·화가 서화첩展'에 나오는 화첩은 예술가 89명의 숨어 있는 재주를 한 눈에 보여준다.

전통적으로 화첩은 시詩·서書·화畵가 결합된 형태로 예술가의 최고 작품을 담는 장이었다. 이번 전시에 참여한 화첩도 마찬가지다.

— 하현옥《중앙일보》기자 | 2013년 4월 23일

영인문학관의 기획에 따라 서화첩을 그렸다. 생전 처음 해보

는 일이라 손이 잘 따르지 않는다. 그러나 그런 대로 재미를 느꼈다. 예전 것을 오늘에 되살리는 일이기도 했다.

오래전에 김현 평론가의 집에 가서, 아무거나 그리라고 내놓는 화첩에 매화 한 가지를 엉터리로 그린 기억이 어렴풋이 되살아났다. 그리고 술을 많이 마시고 결국은 시 원고뭉치를 놓고 와서 다음날 찾으러 갈 수밖에 없었다. 왜 원고뭉치를 들고 갔는지는 도무지 알 길이 없다. 다만 남에게 쉽게 보여줄 만큼 정리가 된 게 아니어서, 찾아오면서까지 오금이 저렸던 것을 잊지 못한다. 여기저기 지우고 쓰고 한 볼펜 자국을 그에게 보인 것이 부끄러움을 넘어 한스러웠다.

그때의 기억을 뒤로 하며 몇몇 장을 그렸다. 나의 첫 소설집인 『둔황의 사랑』을 먼저 다루었다. 세종문화회관의 벽면에 새겨져 있는 비천상이 그것이었다. 실크로드를 멀리 갔다가 마침내 서울에 되돌아와 나타난 사랑의 모습이었다. 그리고 내가 붙잡고 있는 화두인 꽃. 한 송이, 한 송이마다 영원히 머물고 싶은 나의 초심을 그려놓고 싶었다. 부끄러움을 넘어 깊

화첩 그림

은 마음을 전하고 싶었다.

언젠가는 가려고 했던 곳이 있었습니다
그곳이 어디인지 몰라서 떠돌다가
젊어서도 늙어 있었고
늙어서도 젊어 있었습니다
무지개가 사라진 곳에 있다고도
사랑이 다한 곳에 있다고도
슬픔이 묻힌 곳에 있다고도
짐짓 믿었습니다.
그러나 어디인지 그곳은 끝끝내 멀고 아득하여
세상 길 어디론가 헤매어 갑니다
꽃 한 송이 필 때마다 그곳인가 하여
영원히 머물면서 말입니다

「고향」이라고 이름붙인 이 시의 세계는 단순한 '꽃' 그것이

아니라 내 존재를 투영한 것임을 나타내고 싶은 마음. 꽃을
단순한 아름다움만으로 여기는 눈을 넘어야 한다고 여전히
나는 나를 꾸짖었다.

영인문학관에 가려고 마을버스를 기다리며, '세상 길 어디론
가 헤매어'가는 이 고갯길은 삶의 어디쯤일까 생각이 스쳐 지
났다.

신라의 푸른 유리컵

지난봄에도 경주에 갔었다. 마침 김동리 선생의 탄생 백 주년이 되는 해여서 '문학 기행'의 목적지로는 적격이라 싶었다. 불국사로부터 감은사 탑을 거쳐 감포의 대왕암까지, 그리고 다음날 분황사와 대능원과 첨성대까지. 그것은 언제나 그냥 풍경을 보는 게 아니라 문화의 풍경, 혹은 오랜 역사와 함께 숨 쉬는 문화 속에 현재의 삶을 놓는 새로운 세팅에 의한 나를 겪는 일이었다. 우리나라의 어느 곳이든, 세계의 가본 곳 어디든 물론하고 그런 곳은 없었다. 나는 여행객이 아니라 거기 어디 지금 돌을 깎거나 쇠를 문지르거나 나무를 세우는 직인職人이었다.

네팔 | 종이에 아크릴릭 33.5×44㎝

대능원의 한 자리를 우람하게 차지한 천마총을 들여다본다. 자작나무에 그려진 '천마'로서 그런 이름까지 얻었는데 그 '천마'가 '기린'으로 밝혀졌다는 이야기를 읽었었다. 여기에 신라의 비밀이 갖가지로 얽힌다는 해석으로 내 머리는 머나 먼 북방 흉노의 나라로 떠나곤 했었다.

그리고 내가 보고 있는 푸른 유리컵. 내 책상에도 놓여 있는, 용산의 국립박물관에서 만들어 팔고 있는 복제품. 황남대총 에서 나온 그걸 들고 지금도 나는 어릴 적 헤르만 헤세의 소 설 『유리알 유희』를 더듬어가는 소년이 되고 만다. 그러나 이 유리컵이 품은 뜻은 문학소년의 마음을 더 심원하게 이끌어 간다. 나는 1982년 「둔황의 사랑」을 쓴 이래 새로운 실크로 드로 나아가는 것이다. 얼마 전의 신문을 펼쳐든다.

'신라의 로마 양식 유리제품들은 동서 문화 교류의 적극적 산물 로서 고대 한국사만의 문제만은 아닌 것이다. 외래적·이국적 요 소를 듬뿍 지닌 서방 문화 배경의 문물들이 유라시아 대륙 동남

단, 경주에서 집중적으로 출토되고 있는 양상은 세계사의 관점에서 간과할 수 없는 중대 토픽 중의 하나다. 오랜 세월에도 변하지 않는 서역 수입 유리제품들은 신라의 찬란한 금제 장식품들과 문화적으로 서방에 기원을 둔 (세계문화사 속 한국 고대 문화의 위상을 자리매김 해 줄 수 있는) 세계사적 유물인 것이다.

— 이인숙 한성백제박물관장 《조선일보》 2013년 8월 1일

신문기사는 '경주문화엑스포'에 곁들여 여러 방면으로 종합 취재한 특집 가운데 들어 있다. 조금 더 인용하기로 한다.

'경주 황남 대총 남·북분에서 출토된 모두 12점 이상의 로마 양식 유리그릇들을 포함해 왕릉 급 고분들에서 출토된 수십 점의 수입 유리그릇들은 주로 동부 지중해 연안의 산지에서 북상해 흑해 연안과 내륙 중앙아시아에 광범위하게 분포하고 있다. 헬레니즘 문화가 꽃 피웠던 그레꼬-박트리아 지역의 문물로서 신라 문물과의 공통적 요소들이 거론되고 있는 것이다.'

나는 신비한 유리컵을 그리며 배경이 대능원인지 혹은 어느
고분군인지 혹은 실크로드의 한 귀퉁이인지 한정 짓지 못한
다. 다만 이 '유리알 유희' 속에 비치는 세계가 내 삶의 가장
먼 어느 풍경에 닿아 있다고 믿고 싶었다. 사랑의 상징과 함
의는 스스로 영역을 넓혀야 하는 것을 배우는 길이기도 했다.

빛나는, 무서운, 아름다운 무지개

여러 해 전에 대만에 갔다가 뜻밖에 '등신불'을 보게 되었다. 그런 게 사실이었던가, 놀랍기도 했으려니와 당황스러웠다. 등신불이란 돌아가신 스님 모습 그대로의 불상을 말하는 것이었다. 물론 여기에는 여러 주석이 필요하다. 그러나 한마디로 미라인 것이다. 그리고 몇 군데 그런 형상이 있다고 했다. 여기에 대해서 내가 뭐라고 말할 위치는 아니다. 그런데 나는 김동리 선생님의 작품 「등신불」이 무엇보다도 먼저 떠올랐다.

낙화암 가에 꽃이 오히려 있고 落花巖畔花猶在

비바람 지금도 멈추지 않네 風雨當年不盡吹

오래전에 선생님으로부터 받은 글씨를 다시 되새긴다. 조선 인조 때 선비 홍춘경의 시라고 되어 있다. 대학을 갓 졸업한 나는 첫 직장인 출판사에 다니며 마침 '김동리 대표작 선집'을 만드는 데 참여하고 있었다. 장정일이 쓴 시「삼중당문고」의 그 출판사였다. 그래서 나는 김동리라는 큰 봉우리를 가까이 할 수 있었다. 그의 단편들을 읽으면서 나는 한국문학의 정수를 알아갔고, 문장을 알아갔고, 그것이 지금까지도 내 문학의 뿌리를 이루고 있음을 자랑스러워한다.

'소설은 문장이다.'

선생님이 강조한 말임을 나는 알고 있으며, 나도 여러 자리에서 되풀이한다. 그 문장은 결국 주제를 꿰뚫고 우리 정신의 정점이 어디인지 나아간다. 그러므로 선생님의 소설은 하나의 장르라기보다 정신이다. 이번에 그림을 그리며「등신불」을 다시 읽은 것은, 허공을 향해 치켜든 손가락이 가리키는 정신을 확인하는 일이기도 했다. 물음 속에 깃든 상징이 즉 해답이라고 가리키는 손가락은 허공에 머묾을 살아 있는 정신으로 승화시키고 있었다. 그러나 여기서 내가 그린 손가락은 소설에 씌어 있는 모습과는 좀 다르다. 소설에는 '혈서를 바치느라고 내 입으로 살을 물어 뗀' 흔적이 있지만 그런 게 없이 그려졌다. 나는 몇 번이나 그 흔적을 그리려다가 결국 붓을 놓고 말았다. 무엇이 그렇게 만들었을까. 아마도, 아니 틀림없이, '가리킴'을 강조하고 싶은 뜻이 붓을 붙잡고 움직이지 못하게 했다고 말해야 하리라. 그리고, 그전까지만 해도 서양 쪽에 많이 기울어져 있었던 나를 바로 세워 나 자신의 발견이라는 새로운 탄생을 담보하며, 나를 가리키는 손가락이라는 점만 보여주려 했다고 말해야 하리라.

그리고 나서 손가락을 보고 있노라니, 소설을 처음 읽은 그날의 충격이 되살아났다. 그날 퇴근 뒤에 거리에 나온 나는 몽혼이 으스스 밀려오는 저녁 거리에 홀로 서서 오랜 동안 멍해져 있었다.

무엇인가, 무엇인가, 이것이 무엇이란 말인가?

에테르에 취한 듯했던 평소의 저녁하고는 다른 무거운 연가戀
歌가 알타이의 음유시처럼 흐르고 있었다. '전근대적'인 샤머
니즘이라고 밀쳐버릴 것이 아니었다. 그것은 정체성을 확인
하는 길이자 자신감을 회복하는 길이었다. 그래서 드디어 '한
국'이었다. 마음속 깊은 곳에 잠들어 있던 문학혼의 살아남이
었다. 알타이에서 온 음유시인이자 인간을 신에게 안내하는
카이치는 노래하고 있었다.

　　알타이산의 잣나무야, 이제 노래 카이를 시작하니

　　네 몸을 잘라 만든 이 악기 똡슈르를 도와다오.

탄생 100주년을 맞아 대산문화재단에서는 선생님의 대표단
편 8편을 선정하고 김덕기, 김선두, 박영근, 이인, 임만혁, 최
석운, 황주리 등 화가들에 나까지 끼여서 제비뽑기를 했다.
전시회를 열고 책을 출판하게 되어 누가 어느 작품을 그리는

등신불 | 72.7×60.6cm

가였다. 나는 「등신불」을 배당받았다. 단편소설 한 작품마다 한 화가가 네 폭씩 8×4=32폭의 그림은 9월 3일부터 15일까지 서울도서관 기획전시실에서, 10월 1일부터 13일까지 용인문화재단 포은아트홀에서 전시되었다. 또 부산 전시로도 이어질 계획이라고 했으며, 그림이 곁들인 소설집은 『화랑의 후예, 밀다원시대』라는 제목으로 출판되었다.

선생님에 대한 내 처음 기억을 더듬어보면 어디선가 말했던 에피소드가 어김없이 떠오른다. 그것은 대학 입시 무렵의 어느 날에서 시작한다. 고등학교 때 문통을 하고 서로 오가던 부산 친구 J는 우리집에 있으면서 입시를 맞이하고 있었다. 부산에서 서울로 올라온 그는 문학을 향한 향학열에 불타 있었다. 그러나 그를 받아줄 대학이 만만치 않았다. 서라벌예대에 원서를 내라고 꼬드긴 것은 나였다. 그는 시험을 보고 돌아와서 곧 부산으로 내려가겠다고 시무룩히 대답했다. 대학에서 중요시하고 있던 면접 시험을 엉망으로 봤다는 것이었다. 면접 시험을 엉망으로 보다니, 무슨 내용인지 알 길이 없었다.

"누가 면접을 봤는데?"

나는 물었다.

"동리 선생."

"근데, 왜?"

그는 자초지종을 얘기했다. 그때는 수험생이 전국 어느 어느 문학 행사에서 몇 등 상을 받았는지 상장과 메달을 싸들고 시험을 보러가곤 했었다. 이른바 특별 전형에 해당하는 것이었다. 그도 메달을 싸들고 갔다. 그런데 면접에서 그런 것은 보는 둥 마는 둥 꼬치꼬치 묻는 통에 웬지 주눅이 들어 제대로 대답을 못 했다는 것이었다. 그러다가 마지막에 문학에 대해 뭔가 한마디해 보라는 말을 듣고 그만 자포자기의 심정으로 내뱉었다.

"뱀은 길다!"

그는 한마디를 던지고 도망치듯 면접장을 빠져나오고 말았다. 그리고 짐을 싸들었다. 나는 이왕 이렇게 된 바에야 발표라도 보고 가라고 그를 주저앉혔다. 내려가봤자 별 볼 일 없는 그는 방바닥에 벌렁 드러누웠다.

'뱀은 길다'는 프랑스 유명 시인의 시 구절이었다. 그가 그렇게 내뱉은 것도 제정신이 아니었을 뿐더러, 그게 시인 줄도 모를 테니, 이러나저러나 볼장 다 봤다는 것이었다. 그의 말에도 일리가 있었다. 문학에 대해 아는 소리 모르는 소리 늘어놓아도 시원치 않겠건만, '뱀은 길다'니!?

며칠이 지나 싸락눈이 망사처럼 깔린 새벽, 신문을 집어들고 뒤적거리던 나는 놀랐다. 나는 몇 번이나 들여다보았다. 내 눈이 어떻게 됐나 싶었지만, 어김없이 박혀 있는 글자, '서라벌예대 전교 수석 입학, J', 나는 흥분을 감출 수 없었다. 신문을 들고 뛰어 들어가자 그도 도무지 믿기지 않는 듯 그 큰 눈이 불거져 나올 듯 들여다보고만 있었다. 선생님은 그렇게 간접 체험으로 내게 다가왔다.

그리고 서라벌예대에서 몇 번 인사를 드린 적이 있었다. 시를

가리킴 | 김동리 탄신 100주년 그림

쓰던 나를 눈여겨보지 않으셨으리라 했는데, 선생님의 기억력은 나를 놓치고 있지 않아서 놀란 기억도 새롭다. 그러다가 사회에 나와 출판사 삼중당의 직원으로 '김동리 대표작 전집'을 만들면서 선생님을 가까이 뵐 수 있었다. 나는 비로소 선생님의 작품들을 거의 다 읽을 수 있었고, 내 문학의 꿈을 더욱 구체화시킬 수 있었다. 신당동 댁에 가서 술도 얻어 마셨으며, 일의 진행을 알아보려는 선생님의 방문도 받았고, 위의 글씨도 얻었다.

꽃들이 다 떨어져버렸다는 뜻의 낙화암에는 웬일로 지금도 군데군데 꽃들이 피어 있으며, 모진 비바람 이 시대에도 멈추지 않고 있으니…시대에 대한 걱정이 그대로 살아 있는 시를 읽을 때마다 선생님을 생각하게 된다. 나 역시 몇 번 인생의 '풍우'를 겪는 동안 옛날 가지고 있던 것들 가운데 다른 것들은 다 사라지고 흩어져버렸는데, 이 글씨의 표구만은 아직 내 책꽂이 위에 걸려 있다. 그렇다면 선생님이 내게 써준 글의 뜻을 잘 살피라고 당부하고 있는 것인지도 모른다.

선생님의 소설을 읽으면서 한국 소설은 여기서 제자리를 잡았구나 하고 새삼 감동하지 않을 수 없었다. 이 나라에서 문학을 하는 후학 그 누가 선생님의 영향을 받지 않았겠는가. 문화/문학은 돌쌓기와 같은 바, 아랫돌이 있어야 윗돌이 있는 것이다. 선생님의 소설이 없었더라면 한국 소설은 여기까지 오기 위해서라도 훨씬 더 먼 길을 헤매야 했을 것이다. 그 업적을 누군들 외면할 수 있으랴. 그러므로 지금 선생님 스스로 '등신불'이 되어 한국 문학 위에 나투어 계시리라 믿는 마음이다.

선생님이 쓰러지고 나니 명절날 찾아가서 술 한잔 하고 오는 풍토는 없어지고 말았다. 어느 누구도 대신할 수 없는 자리였다. 선생님 직접 술 주전자를 들고 넘나들던 방의 낭자하던 자리는 신화 속으로 묻히고, 대가의 시대는 사라진 것이다. 이문구 선배가 사람들을 헤치며 시중을 드는 모습도 볼 수 없게 되었다. 선생님이 가신 날, 그 집 뜰에서 밤샘을 하다시피 퍼마신 술로 모든 것이 마지막, 마지막이었다. 옛 시에 있으니, 붕새는 졌으되, 헛된 비바람만 아직 멎지 않을 뿐이다.

나는 네 폭의 그림을 그리며 지난 100년의 시간을 그린다는 생각이었다. 그와 함께 경기도 광주의 선생님 묘지석에 새겨 놓은 서정주 시인의 시를 몇 번이나 다시 읽을 수밖에 없었다.

무슨 일에서건 지고는 못 견디던 한국문인 중의 가장 큰 욕심꾸러기, 어여쁜 것 앞에서는 매양 몸살을 앓던 탐미파 중의 탐미파, 신라 망한 뒤의 폐도廢都에 떠오른 기묘하게 아름다운 무지개여

— 미당 서정주 1996년 6월 1일

섬과 별 15

별은 살아 있다

몇 해 전에 자하문 고갯길에 윤동주문학관이 생긴다고 하던 때는 무슨 연고일까 갸우뚱했었다. 그러나 이제는 고갯길을 지나면서 그의 시에 나오는 별을 떠올린다. 그리고 수도가압장이던 그 낡은 구조물이 훌륭한 건축예술로 시인의 정신을 나타내고 있어서 놀라움과 고마움을 간직한다. 물탱크 물높이의 흔적으로 얼룩진 마음이 그가 들여다보는 우물의 마음이라고도 여긴다. 빈 공간에 그가 본 별 하나 나 하나의 얼굴이 있다고도 느낀다. 갇힌 현실에서 억울하게 죽어간 아무도 모를 절망이 어두운 별빛을 아롱지게 한다.

별은 고흐에게는 꽃으로 나타난 사랑이었고 도데에게는 풍찻

간의 애국으로 나타난 사랑이었다. 너무나 많은 위대한 사랑들 때문에 별들은 자칫 추상으로 가려질 우려가 있으므로 나는 숨어서 섬 위에 뜬 별들을 그리기로 한다. 아울러 이 별들이 어떤 생명체의 뼈들이기 때문에 가능한 일임을 나는 안다. 더 자세한 이야기를 하기 전에 나는 내게 와 있는 한 폭의 그림에 대해 말하지 않을 수 없다. 내 소설 「모든 별들은 음악소리를 낸다」를 소재로 한 그림이기도 하다. 그림을 그린 한생곤 화가가 스스로 '나중에 혹시 이 작품에 대해 회고하실 때 참고가 되길 바랍니다' 하고 보낸 긴 메일을 대폭 줄여 옮기면 다음과 같다.

'나의 고향'을 어떻게 그려볼까 고민하다가 동네를 한 바퀴 돌았는데 개집에 있던 하얀 뼈가 보였어요. 구멍이 숭숭난 소뼈였습니다. 그런데 그 소뼈를 보는 순간 '흰색의 재료'로 좋겠다는 생각이 스치더군요. 정말 멋진 흰색이 나올 것 같았어요. 쇠절구에 이 뼈를 빻아 약간의 분말을 만들었고 이 분말을 매트미디움에

섞어 바탕작업을 했는데 그 느낌이 너무 좋은 겁니다. 아마 이 소뼈가루를 사용하기 시작하면서 제가 원하는 방식의 그림이 처음으로 제대로 시작되었다고 생각합니다. 물론 그 전에도 재료를 빻아 사용했지만 소뼈는 저에게 매우 특별한 느낌을 주었습니다. 불교의 심우도에 나오는 소도 그렇고 농경문화의 바탕에서 소의 역할도 그렇지요. 소는 자신의 모든 것을 우리들에게 나누어주고 개밥그릇까지 갔다가 어느날 우연히 가난한 화가의 캔버스 밑바탕까지 자아를 실현시켰던 것입니다. 구멍이 숭숭 뚫린 소뼈토막을 보면서 삶과 죽음 살신성인… 여러 가지 느낌이 아주 깊이 사무치듯 찾아왔습니다. 그런데 말입니다. 이 바탕작업을 시작한 장소가 집안 조상들께 제사를 모시는 재실이었다는 것도 참 신기하지요. 깊은 밤 재실에서 존재의 마지막 사랑을 분말로 실현시키는 캔버스 바탕칠 작업을 하면서 선생님의 표현을 빌자면 '작품이 달라붙는다'고 할까요? 기성의 물감을 사용할 때와는 전혀 다른 느낌을 받은 겁니다.

그리는 과정에서 밤 풍경을 하나 그리고 싶었습니다. 그때 고흐

의 「별이 빛나는 밤에」라는 작품이 떠올랐습니다. 참 아름다운 그림이지요. 저의 고향에서도 밤 하늘의 별이 먹지에 바늘로 구멍을 뽁뽁 뚫고 햇볕에 비쳐보는 것 같은 별이 있었고 밤마다 그 별과 구름과 달빛이 비치는 집과 마을을 떠올리곤 했습니다. 하지만 별을 등장시키는 그림 중에 고흐의 이 작품이 너무나 유명해서 그 다음 「별이 빛나는 밤에」 같은 작품을 다른 화가들은 지레 포기하는지도 모르겠습니다. 저는 이때 약간 갈등을 했지만 이런 생각에 도달했어요. 고흐 형님의 별이 빛나는 밤에 작품이 좋고 너무 유명하다는 것은 인정하지만 나의 고향에 별이 빛나는 것도 사실이라는 것입니다. 별의 아름다움을 고흐만이 느낀 것도 아니고 또 그의 전유물도 아닙니다. 나는 내 고향 하늘의 별의 아름다움을 그릴 충분한 이유가 있으며, 그래서 그대로 별이 빛나는 고향과 하늘을 그렸습니다.

이 그림을 그리고 있을 때 새벽에 일어나신 아버지께서 오셨어요. 저는 아버지께 말씀드렸어요. 아버지, 우리 동네를 그리고 있는데 이 부분은 별이 빛나는 밤풍경입니다. 아버지도 이 그림에

섬과 별 | 캔버스에 혼합재료 40.8×31.6cm, 2013

별을 하나 그려 주세요, 그랬지요. 아버지께서는 손사래를 치시면서 내가 뭘 그려, 그림 그릴 줄도 모르는데. 그러셨어요. 아니예요, 그릴 필요없어요. 그냥 별이라고 생각하시며 점만 하나 콕 찍으시면 됩니다. 그랬더니 아버지께서 마지못해 살짝 점을 찍으시더군요. 그렇습니다. 이 그림 「모든 별들은 음악소리를 낸다」에는 저의 아버지의 한 찰나의 점이 찍혀 있어요. 너무 희미하게 찍으셔서 지금 그림에서는 저도 찾지 못하는 별이랍니다. 하지만 아버지는 분명히 소리 안 나게 한 점 툭 찍으셨어요. 비록 한 점이지만 이 또한 얼마나 저를 위안해 주었는지요.

그리고 이번에 이런 생각도 했습니다. 제가 별을 그린 물감을 조금 만들어 드릴 테니 선생님께서도 그림 전체의 조형을 고려하여 적당한 곳에 별을 '툭툭' 그려 놓으신다면 어떨까 하는… 남들은 모르는 어떤 공간에 두 점이 찍혔다는 것에서 그림에 어떤 마술이 일어날지도 모르겠다는… 물론 선생님께서는 아니 어떻게 남의 작품에 함부로… 하시겠지만 제가 어떤 마음으로 이런 생각을 말씀드리는지 전혀 납득이 안 되시는 것은 아닐 거예요.

*추신

저는 이 작품 제목을 「모든 별들은 음악소리를 낸다」로 붙이며,
여기에는 우주의 합창단의 느낌, 별들의 노래소리 같은 느낌이
담겨 있어 큰 스케일이 느껴져서 좋았습니다. 모든 존재를 아우
르는 제목이다 싶었습니다. 별을 그린 재료는 인천 선재도 해변
에서 주운 조개껍데기를 가루로 만든 것이랍니다.

에너지 그 자체인 화가는 그밖에도 여러 가지 이야기를 하고 있
다. 결혼을 앞둔 그의 아내가 그림을 소장하고 있었다는 이야기
도 있다. 그러나 이렇게 내 뜻대로 재단하여 인용하는 까닭은 바
로 작품의 재료를 강조하고자 하는 의도임을 알아주리라 믿는다.
앞에서 내가 언뜻 말한 바와 같이 내가 그린 이 그림에서도 별은
바로 동물뼈이기 때문이다. 소뼈면 소뼈지 동물뼈라면 다른 어떤
동물이란 말인가? 돼지뼈? 개뼈? 닭뼈? 오리뼈?
먼 카리브해에 가서 그곳 바닷가의 모래밭이 산호의 뼈로 깔려
있다는 사실을 알았다. 산호가 바닷물 속 바위에 해초처럼 붙어

있지만 엄연히 동물임을 우리는 배웠다. 그리하여 내가 섬을 그리고 그 위 하늘에 붙여놓은 별은 바로 산호뼈이기에 동물뼈라고 하고 있음인 것이다. 그러나 이 그림에서 산호뼈는 가루로 만든 게 아니라 생김 그대로이다. 그래서 나는 한화백처럼 '툭툭' 다른 별을 그려달라고 부탁할 수는 없게 되어 있다. 말하고 보니 선재도 조개껍데기 가루도 없는 마당에 그가 내게 왜 생각을 전달했는지 원망스럽기도 하다. 따라서 내가 아직도 그의 생각을 행동으로 옮기지 않고 있음이 너무도 정당하게 여겨진다.

바다 위의 섬은 결국 별 때문에 살아난다. 그리고 섬은 별의 다른 표현이기도 하다. 즉 섬 또한 별이다. 지구도 섬이 아닐 수 없는 것이다. 그것을 바라보는 나는 별똥별이라도 되어야 한다. '별＝섬＝나' 라고 비밀일기처럼 써본다. 언젠가 이 그림을 그려놓고 모든 아름다움의 근거는 생명이라고 생각하며 큰 비밀을 깨달은 듯이 가슴이 벅찼었다. 그림도 글도 결국은 생명을 노래함으로써 아름다움의 궁극에 이를 수 있다는 평범한 진리가 왜 그토록 가슴 벅찼던지 모를 일이었다.

오늘밤 저 하늘에 빛나는 별은 생명을 노래한다. 고흐가 별을 커다란 꽃으로 그려놓았음을 확인해보라고 부탁드리고 싶은 밤이다. 내게 지금 산호뼈의 별빛은 죽은 동물뼈의 빛이 아니다. 별은 살아 있다. 산호는 밤하늘에 살아 있다. 지난 겨울을 어렵게 견디고 드디어 맞이하는 봄이 산호의 별빛으로 다가오는 밤, 나는 진정 살아 있다고 내게 말해주지 않으면 안 된다.

*화가가 붙이는 추신

이 산호뼈는 카리브해의 것이 아니다. 한국의 어느 섬에서 내게로 온 것이다.

이 또한 무슨 인연인가

이번 일본 여행은 뜻밖의 소득이 많았다. 예약을 해놓고는 막상 떠나기 전에 여간 미적거려지지 않았는데, 그 마음은 말끔히 해소되었다. 봄에는 우리 산야의 꽃들, 잎사귀들이 마냥 귀하여 좀처럼 움직이기 싫곤 했다. 이들과 함께 하는 시간은 너무 소중한 것이었다. 더군다나 지난 겨울 시름시름 아팠으니, 이 땅의 생명과 조금이라도 함께 숨쉬는 순간들을 누려야 했다. 애틋한 뜻이었다.

어쨌든 떠났고, 다시 쿄토의 도다이지東大寺 뜰에 서게 되었다. 여전히 많은 사람들과 사슴들이 몰려다니고 있었다. 사슴들은 곧 털갈이를 하려는지 뿌옇게 성근 털들을 하고 이리 기

사슴에게 준 말씀 | 종이에 아크릴릭 32×41㎝, 2014

웃 저리 기웃거렸다. 그곳 '동양 최대'의 큰 철불이야 널리 알려진 것이었고, 나도 이미 어디엔가 쓴 적이 있었다. 그런데 그 본당 앞의 돌길에 대한 설명을 처음 듣게 되어, 나는 '소득'을 말하게 되는 것이다. 돌길은 앞마당을 가로질러 놓여 있었다.

"가운데 돌들은 빛깔이 검푸르지요?"

나는 무심코 바라보고 있던, 아니, 바라보고 있지도 않던 그 돌길을 다시 보았다. 그래서 뭐? 하고.

"저게 실크로드에서 가져온 것입니다."

그 순간 '그래서 뭐?'는 사라지고 말았다.

"실크로드요?"

아닌게아니라 뚜렷이 검푸른 돌들이 앞마당 한가운데 뻗어 있었다.

"예. 그곳 돌이지요. 그 다음 누런 돌들은 한반도 것입니다."

실크로드에다 한반도? 머리가 어지러웠다. 그리고 그 바깥 돌들은 일본 것이었다. 세 가지 돌들은 중국에서 왔다는 커다란 등을 향하고, 그 뒤의 본당을 향하고 있었다. 나는 비로소 돌길의 뜻을 헤아려볼 수 있었다. 중국의 실크로드는 시안에서 더 뻗어 마침내 일본의 쿄토까지 이르러 있다는 뜻!

나는 실크로드의 돌들과 한국의 돌들을 밟으며 이렇게 나타낼 수도 있구나, 뭔가 감탄스럽고도 착잡했다. 지난해 경주에서 열렸던 '이스탄불-경주세계문화엑스포 2013'을 돌아보았다. 신문은 다음과 같이 보도하고 있었다.

이번 행사의 주제는 '길, 만남, 그리고 동행'. 1500여년 전 실크로드로 이어졌던 신라 1000년의 고도古都 경주와 동로마·오스만제국의 옛 수도 이스탄불을 문화의 실크로드로 다시 잇자는 의미다.

1998년 9월 시작해 올해로 7회째를 맞는 '경주세계문화엑스포'는 2006년 캄보디아 앙코르와트에서 첫 해외 행사를 연 이후 두 번째 해외 개최를 성사시켰다. 지방자치단체가 마련해 지역의 작은 문화행사로 출발했지만, 15년만에 세계적인 관심을 끄는 대형 축제로 성장한 것이다.

2011년 6회 행사때까지 무려 298개국에서 5만6000여명의 문화예술인이 참여했고, 국내·외 관람객 1000만명이 다녀갔다. 2006년 앙코르와트 행사 때는 동남아시아에 '문화한류'를 점화시켰다는 평가도 받았다. 이번 행사가 열리는 이스탄불 역시 연간 3000만명이 찾는 세계적 역사문화도시다. 동로마와 오스만에 걸쳐 1600년 동안 제국의 수도였고, 도시 전체가 유네스코 세계문화유산으로 등재될 만큼 문화유산이 풍부해 유럽의 문화수도로 불린다. 이런 이스탄불은 고대 동·서양의 교역로였던 실크로드를 통해 경주와 만난다. 중국은 실크로드의 동쪽 출발점을 중국 산시성 시안이라고 주장하고 있지만, 과거 신라인들이 중국 시안을 거쳐 서역을 오간 기록과 증거들은 곳곳에 남아 있다. 지류일 뿐이라고 폄훼하는 주장들도 있지만, 경상북도는 이번 행사를 통해 실크로드의 출발점이 경주임을 재확인하는 작업도 진행중이다.

지난해 경주 행사에 참여해 발표까지 한 내게 도다이지의 실크로드 돌길은 충격이었다. 물론 일본이 그런 주장을 한다는 이야기는 들어서 알고 있었다. 그러나 내 생각은 어디까지나 '지류'로서의 주장일 뿐이라고 받아들였었다. 이 문제가 '기마민족정복설'까지 이어지면 한없이 가지를 칠 여지가 충분하다. 나는 경주와 쿄토로 뻗어나가는 상상에 자못 골머리가 어지러웠다. 하지만 실크로드의 '출발점'이 시안인가 경주인가 쿄토인가가 아니라 실크로드가 어디로 이어지는가 하는 너그러운 표현에 이르면 문제는 쉽게 풀릴지도 모른다. 다만 실크로드의 돌길을 만든 그들의 착상은 흥미롭다고 하지 않을 수 없었다.

여러 생각에 사로잡혀 사슴들 사이로 오가던 나는 내 손에 들고 있던 유인물을 누군가가 잡아채는 통에 고개를 휙 돌렸다. 어느틈에 사슴이 내 손에 들고 있던 유인물을 입에 물고 먹고 있었다. 손을 뻗쳐 빼내려고 해도 소용이 없었다. 사슴은 당연한 듯이 그 종이를 씹고 있었다. 염소가 종이를 먹는다고는 들은 바 있었으나 사슴도 그러리라고는 알지 못했다. 강한 햇빛을 가린다고 들고 있던 그것은 전날 달라이라마 강연장에서 나누어준 것이었다. 어, 저건 곤란한데…그러면서도 어쩔 수 없이 사슴의 저작력에 감탄할 수밖에 없었다.

전날 나는 고야산의 달라이라마의 행사에 참여했고, 그때까지 그 내용에 대해서 전혀 깜깜인 채였다. '태장胎藏 만다라 관정灌頂'. 도무지 듣도 보도 못한 행사였다. 이틀 동안 계속된 행사를 이끌며 달라이라마는 건강과 관록을 보여주었다. 간단하게 말하면 행사는 티벳 밀교의 중추인물을 인정하는 과정이었다. 여기에는 상대적으로 '금강 만다라 관정'도 있다는 걸 나는 처음 알았다. 뒤에 서울로 돌아와서 이에 대해 석지현 시인에게 묻고 들었으므로 자세한 설명은 다른 지면을 빌려야 할 듯싶다. 다만, 행사 가운데 말린 흰 꽃잎을 머리에 얹고 말씀을 듣는 과정도 있어서 내게는 잊을 수 없는 시간이 되었음은 적어두어야 하리라.

일본에 고야산이라는 세계문화유산이 있다는 사실도 처음 알았다. 버스로 산길을 굽이굽이 올라가자 해발 900미터쯤에 마을이 나타났다. 산 아래엔 벚꽃이 이미 지고 있건만 마을에는 눈이 더미를 이루어 쌓여 있었다. 일본 진언종을 연 홍법대사가 1200년 전에 자리잡은 곳이라고 했다.

첫날 행사를 끝내고 서선원西禪院이라는 곳의 다다미방에서 추위에 떨며 밤을 지내고 난 다음날이었다. 다시 행사장으로 가야 했으므로 길에서 시간을 조절하고 있는데 갑자기 맞은편 길에서 달라이라마가 모습을 드러냈다. 우리는 눈을 의심했다. 그는 진언종의 총본산인 금강봉사金剛峯寺에서 묵은 모양이었다. 이미 묘만은 빠른 걸음으로 그의 옆으로 다가가고 있었다. 어디서 왔느냐고 그는 물었고, 그녀는 '코리아'라고 대답했다고 나중에 들려주었다. 조금 떨어진 곳에서 그 장면을 보았고, 사진까지 찍은 나로서도 그 조우가 예사롭지 않아 가슴이 벅찼다. 꽤 오래 전에 헤이리에서 '티벳 전시회'를 열었을 때 나는 달라이라마 그가 티벳을 떠나 인도로 망명하는 장면을 화폭에 담은 적이 있었다. 그것은 내가 화가를 뜻하고 처음 참여한 단체전이기도 했다. 그 그림 앞에서 김점선 화가와 사진을 찍기도 했다.

고야산대학의 강당에 들어가 앉아 나는 그가 말하는 대로 머리에 마른 흰 꽃잎을 올려놓았다. 그것이야말로 소중한 인연이라는 깨달음이 가슴을 울렸다. 꽃의 의미, 머리에 올려놓은 꽃의 의미는 곧 내 삶의 밀의密意였다. 그러므로 '태장 만다라 관정'은 내게 베풀어지고 있는 것이었다.

사슴은 달라이라마의 티벳어 법문을 한글로 옮겨놓은 유인물을 입에 물고 있었다. 이 또한 무슨 인연인가 보다고 나는 사슴을 내려다보았다. 나는 티벳 라사의 사원 앞에 서 있는 사슴 동상을 기억해냈다. 오랜 시간 멀고 먼 길을 티벳 사람들이 오체투지로 걷고 걷고 걸어 참배하는 사원이었다. 그 사슴이 달라이라마가 떠난 그곳에서 가르침에 굶주려 있다가 내 손에 든 유인물로부터 들려오는 그의 목소리를 들은 것이리라. 그리하여 말씀에 무슨 내남 것 있겠느냐고 지금 먹고 있는 것이리라. 아무렴, 아무렴. 나는 머리를 끄덕여주었다.
한참을 내려다보던 나는 흩날리던 벚꽃이 사슴의 머리 위에
도 한 잎이 떨어져 앉는 것을 볼 수 있었다.

독화살에 피맺히는 사랑

원주의 '뮤지엄 산'에서 드로잉 전시에 함께 하자는 연락을
받고 다시 엉겅퀴와 마주앉았다. 그곳이 문을 열었다는 소식
을 들은 지는 꽤 되었는데, 차일피일 가볼 기회만 노렸을 뿐
이었다. 안도 다다오의 설계로 집을 짓고 제임스 터렐의 작품
도 여럿 있다는 것이었다. 일본 나오시마의 풍경이 먼저 떠오
른 것도 사실이었다.

나오시마는 세도나이카이의 외진 섬을 안도의 여러 개 미술
관 건축을 위주로 탈바꿈시켜 예술화에 성공한 것으로 평가
받는다. 우리나라에서도 많은 방문객들이 그곳을 밟고 있었
다. 우리의 이름난 화가 이우환의 돌과 철판, 철근 작품을 비

엉겅퀴 | 캔버스에 아크릴릭 혼합 재료 60×50cm, 2013

롯하여 대표작 「빛으로부터」 연작을 보여주는 독자적인 미술관이 세워져 있어서 더욱 의미를 더하는 곳이다. 수련의 화가 마네의 굉장한 작품들도 놀랍다. 그러나 역시 나오시마는 안도 다다오라는 건축가의 세계인 것이다. 섬 전체가 그의 작품 하나로 이루어진 마스터피스라고 나는 받아들였다. 홀로 길을 잃고 갈팡질팡하다가 겨우 부둣가로 돌아오는 길, 셔틀버스를 기다리는 바닷가 방파제 끝에는 쿠사마 야요이의 커다란 땡땡이 점박이 호박이 등대처럼 서 있었다. 뜻밖에 그것이 반가웠다. 갯메꽃 핀 바닷가를 '일본이란 무엇일까?' 하고 거닐던 발길이 웬 비석 앞에 이르렀다. 잘 아는 시를 번역해놓은 기념비였다. 그런데 잘 안다고 사진도 안 찍고 온 그 실체를 지금은 기억할 수 없다. 설마, 프랑크 나가이의 「위를 보고 걷자」는 아니었을 테지? 혹시, 보들레르였나? 이 둘 사이의 간극 또한 아득한 크레바스일 텐데, 어째서?

뉴욕의 구겐하임 미술관과 세계 유명 미술 미술관에서 보여

준 이우환의 미술은 철학에 가까운 그의 미학을 우리에게 화
두 혹은 숙제로 안겨준다. 그 '여백의 철학'을 '이뭐꼬?' 하다
가 그만 스스로의 정적靜寂으로부터 세상을 가늠한다. 이번에
『현대문학』에서 나온 인터뷰 책『양의 예술』에서도 그의 철
학적 사유의 예술향香이 짙다. 문필가로서의 그의 모습 또한
가깝고도 준엄하다. 재미있는 부분을 한마디 인용하고 나서
나는 엉겅퀴로 눈을 돌릴 수밖에 없다.

한 프랑스인이 전시된 돌을 보면서 이것을 내가 만들었느냐고 물
었습니다. "이것을 내가 만든 것도 사회가 만든 것도 아니다."라
고 하니 "왜 만들지 않은 것을 가져다놓았느냐, 그러면 당신 작품
이 아니지 않느냐"고 반문했어요. 그래서 "나나 시대나 사회가
만들 수 없는 부분, 내가 어쩔 수 없는 부분을 끌어들였다"고 설
명했는데도 이해하지 못했습니다. 그 당시(1971년 파리 비엔날레)는
아무도 이해하지 못했습니다. 한 젊은 비평가는 "돌부터 어디까
지가 작품이냐?"라고 묻기도 했습니다. 또 다른 비평가는 "돌들

이 작가의 의도와 상광없이 제멋대로 지껄이기 때문에 당혹감을 감출 수 없다"고도 했습니다.

이우환의 돌과 나의 엉겅퀴꽃의 사이에 내가 어떤 '관계항'으로 놓여 있을까. 아무런 연관 없이 서로 멀고 먼 소행성처럼 따로 있을 뿐일 것이다. 그러나 여기에 '제망찰해帝網刹海'라는 말이 있는 것이다. 그러므로 모든 존재는 '아무런 연관 없이' 있는 것이 아니다. 모든 것은 하늘그물로 엮여 있다.

내가 엉겅퀴꽃을 그리게 된 까닭은 첫 번째 전시회를 할 즈음 밝힌 바 있다. 거제도에 체류할 무렵 그 꽃을 다시, 즉 낯설게 보기에 의해 새롭게 보았다는 것, 그리고 지금껏 하루도 빠지지 않고 먹고 있는 간약 레가론이 엉겅퀴 추출액이라는 것, 그래서 그 꽃을 지치지 않고 그리고 있다는 것 등등.

세계적으로 널리 퍼져 있는 엉겅퀴꽃. 아름다운 만큼 가시로 무장하고 강인한 생명력을 자랑한다. 집의 마당 한 귀퉁이에서 올해도 몇 송이를 피웠고 지금은 씨앗을 날리고 있다.

엉겅퀴 | 캔버스에 아크릴릭 혼합 재료 60×50cm, 2014

오늘 나는 '뮤지엄 산'에 보낼 드로잉 두 화폭을 그리며 두 편의 「엉겅퀴꽃」 시를 찾아 읽는다. 두 사람 다 내가 50년 전에 만난 시인들이기에 내 인생을 돌아보는 일이기도 하다.

온천지 다 마다하고/오늘 내 앞의/한밤의 들녘에/아으, 쏟아지는 눈부심//어떤 가슴이기에/옴작도 하지 않고/수천 개 독 묻은 화살/선 채로 맞았는가//엉겅퀴꽃이여/너를 죽인 화살이/너로 하여 살아나서/죽음도 하나의 꽃잎이 되는 것을//누군들 이 은총 피할 수 있을까.
— 김형영 시인의 「엉겅퀴꽃」

누구라 알까/저 엉겅퀴꽃의 외로움을//내 돋친 가시마다/안으로 끌어안은 사랑이라 하리/저 혼자 삭히는/불 같은 마음이라 하리//바람만 내달리는/황량한 들판에/헤매는 그리움//묻어본 사람이나 알까//손가락 마디마디/피가 맺히는 사랑을
— 김순이 시인의 「엉겅퀴꽃」

세월을 지나고 나는 지난날을 회상하는 나이가 되었다. 지금 엉겅퀴꽃의 시를 읽게 해주는 두 시인과의 인연도 내 하늘에 나부끼며 이 지상의 엉겅퀴꽃을 붉게 붉게 피우는 것이리라. 바람에 날리는 엉겅퀴꽃의 씨앗이 '죽음도 하나의 꽃잎이 되는 것'을 위해 날개를 펴고 있다.

그리고 다시 이우환으로 돌아가면, 장자莊子에서 가져왔다는 말 한마디가 머리에 남는다. 가까이서 보면 나인데 멀리서 보면 그가 된다…는 말 한마디. 이제 주체와 객체의 동일성을 받아들일 나이가 되었다는 뜻일까.

길담서원의 엉겅퀴 상자

길담서원에 처음 간 것은 서촌에 자리를 잡을 무렵이었다. 그
보다 더 오래되었을지도 모른다. 이인, 최석운, 김기호 화가
들이 작은 전시회를 연다고 해서 가보게 되었다고 기억한다.
길담서원이라는 이름에서 알 수 있듯이 갤러리도 아니었다.
서원이라고, 책들이 꽂혀 있는 곳은 분명한데, 한옆에 한뼘갤
러리라는 이름을 붙여 작은 방 하나를 그림 전시장으로 만든
것이었다. 어쨌든 책꽂이가 있는 서점은 귀하고 반가운 곳이
었다. 책들을 언뜻 보다가 모리스 블랑쇼의 이름을 발견하여
더욱 반가웠다.
"어, 이 책이?"

이 말은 여기에 이런 책이 다 있느냐는 감탄을 포함한다. 더군다나 전집 여러 권이었다. 전집이 나와 있다는 사실도 나는 모르고 있었다. 그러나 살펴보니 소설「알 수 없는 또마」가 들어 있는 책은 웬일인지 찾을 수 없었다. 누가 그 권만 사갔나, 하면서 아쉬웠다.

"블랑쇼 같은 소설가는 어떻게 생활하고 있나요?"

오래 전 프랑스에서 한 출판사 편집자에게 물었었다. '생활'이라고 했지만, 한국에서 소설가로 살아간다는 것은 무엇보다도 '생존'이라고 표현해야 할 것이다. 79년에 소설가가 되어 80년부터 전업작가로 살아오느라 신세를 진 일들이 내 질문의 배경이기도 했다. 요즘 다시 옛글을 보노라면 '이 글에 원고료를 준 사람들에게 그저 머리를 조아릴 수밖에 없다'는 심정이다. 내가 특별한, 어려운 작품에 몰두하는 블랑쇼를 입에 올린 것은 그가 워낙 과작의 작가인 데다 별로 팔리지도 않는다고 알고 있기 때문이었다.

"그 사람은 거의 은둔하다시피 삽니다만, 강연이 주수입이지

길담서원 한뼘미술관

요."

나는 은둔은커녕 강연도 재주가 없으니 답답한 노릇이었다.

길담서원이 조금 자리를 옮겨 한뼘갤러리가 두세 뼘 넓혀지고 몇 명의 화가들이 초대전 형태로 전시회를 열었다. 그리던 어느 날 이재성 큐레이터가 느닷없이 내게 전시회를 제안했다. 작품이 없는데, 하고 막막해하다가 결국 끌려가고야 말았다. 이름하여 '엉겅퀴 상자'.

엉겅퀴꽃은 첫 번째 전시회 '꽃의 말을 듣다'를 열었을 때도 주로 내걸었던 소재였다. 같은 이름의 책을 내고 아울러 연 전시회는 여러 종류의 엉겅퀴로 채웠고, 몇몇 다른 그림들을 곁들였다. 그런데 이번에는 모두 엉겅퀴 상자였다. 여기저기에서 생긴 상자들 가운데 그냥 버리기 아까운 것에 그때그때 그린 것들이었다. '왜 같은 노력을 들여 캔버스에 그리지 않고 상자에 그리느냐'는 말을 듣기도 하면서 계속 그려서 어지럽게 널려 있던 것들을 정리하기에 이르렀다. 상자 여러 개를 하나로 모아놓기도 했다. 공교롭게도 엉겅퀴꽃 송이는 108개를 헤아렸다.

"불사조의 정신 같은 걸 느꼈어요."

대화의 모임에서 '서원지기 소년' 박성준 선생은 과분한 소감을 들려주었다. '불사조'는 과분해도 꾸준히 내 길을 걸어온 것은 나 자신 내게 감사하는 일이었다. 글도 그렇고 그림도 그렇고 내 작업은 내 삶을 어떻게 나와 괴리 없이 나타내는가에 골몰하는 일이며, 그것이 내 존재 자체에 다름아니어야 하는 것이다. 사르트르의 말을 인용하여, 일찍이 나는 아무 것도 아니었으나 내 작업에 의해서 그 무엇이 되었으니, 이 삶을 담게 하여 나타내준 엉겅퀴꽃들아 상자들아 고맙구나!

밀레 전시회에 가다

올림픽 경기장 안에 있는 SOMA미술관은 'Seoul Olympic Museum of Art'의 준말이었다. 그리 기대를 하지 않고 갔지만 밀레 탄생 2백 주년을 기념하는 전시회는 상당한 규모였다. 보트턴 미술관의 4대 걸작이 왔다고 홍보하는 문구가 지나치게 느껴지지 않았다. 안내 유인물은 '전시를 통해 밀레와 그가 이끈 바르비종파 미술운동을 살펴봄으로써 19세기 사실주의 화가인 그가 남긴 미술사적 의미를 알게 되는 기회가 될 것'이라고 했다.

밀레의 그림 앞에 서서 나는 23년 전인 1992년의 바르비종으로 거슬러 올라간다. 그해 겨울이 다가올 무렵 나는 러시아

고흐 씨뿌리는 사람 | 종이에 아크릴릭 40.5×32cm, 2015

상트페테르부르크에서 파리에 도착했다. 러시아는 하루도 빠짐없이 눈이 내리는 겨울이었기에 두꺼운 겨울 옷차림으로 몽마르트 아래 호텔에 들어서자 마침 S와 L이 보졸레 누보 포도주를 나누고 있다가 놀라서 쳐다보았다. 나는 아무 연락도 하지 않고 러시아를 떠났고, 파리에서는 택시 기사에게 주소를 주어 찾아갔던 것이다. 그런 며칠 뒤에 우리는 S가 안내하는 대로 바르비종으로 가기에 이르렀다. 40대의 우리는 젊었고 아직 여전히 사랑과 꿈에 부푼 나이였다.

밀레가 있었다는 화실은 누군가가 그대로 사용하며 그림을 그리고 있었다. 그 이름 없는 화가가 그린 '씨 뿌리는 사람'을 기념품으로 사서 지금도 보고 있는데, 밀레의 원작을 모사한 것이었다. 그때까지 나는 밀레의 '씨 뿌리는 사람'을 고흐가 모사하며 공부했다는 사실을 모르고 있었고 밀레가 어떻게 인상파의 단초를 제공했는지는 더더구나 몰랐다. 밀레의 농부는 묵직하고 강인한 모습으로 씨를 뿌릴 뿐이었다. '만종'이나 '이삭 줍기' 등으로 목가적인 풍경화만 내세우려는 내

기억력은 인상파의 파장으로 흔들렸다.

소마미술관은 지난 세월을 단숨에 뛰어넘게 해주었다. 그 시간의 간극 사이에서 나 자신 '씨 뿌리는 사람'이 되어 있었다. 기념품으로 챙겨온 책갈피에는 패랭이꽃 씨앗이 넣어져 있다고 해서 자투리 꽃밭에 뿌렸지만, 그걸 말하고자 하는 것은 아니다. 무엇인가 새로이 시작하겠다는 힘으로 나머지 삶을 살아야 한다는 것, 이 '새로이 시작하겠다는 힘'이야말로 인상파의 빛이 비추는 각도임을 알아야 한다고…나는 말한다. 그리하여 급히 종이를 펼치고 붓을 들어 고흐가 모사한 '씨 뿌리는 사람' 작품을 모사한다. 이렇게 베껴 그리는 어느 사이에 내가 있으려니, 하고….

비파나무

비파나무가 드디어 열매를 열었다. '드디어'라는 것은, 이 나무가 서울에서는 겨울을 날 수 없다는 사실을 바탕으로 한다. 열매가 비파라는 악기 모양이라고 해서 이름지어졌다는 이 나무는 중국 원산으로 우리나라 남쪽 지방에서 상록의 잎사귀를 자랑하며 싱싱하게 자라는 큰키나무이다. 처음에는 혹시나 하는 기대 속에 마당에 심은 것이 겨우내 살아 있는가 싶었는데, 속절없이 죽어버렸었다. 생각 끝에 다시 씨앗을 심어 작은 보온시설을 만들고 겨울을 견디게 하여 이제나저제나 무한정 기다리는 게 일이었다. 여수에서도 열매를 보내주고 일본 가고시마에서도 발견하여 이 나무와 함께하고 싶어

비파나무 | 캔버스에 아크릴 45×53cm, 2015

한 게 얼마던가.

거의 10년은 헤아렸으리라. 그러니 '드디어'라고 말할 수밖에 없다. 타래를 이루어 열린 열매를 보며 나무와 나의 교감을 생각하는 시간의 충만감을 갖게 된다는 것 자체로 목적은 달성되었다고 나는 생각했다. 올해는 더군다나 고희의 나이가 되고 말았으니 나무가 그걸 축하해준 것일까. '인간칠십고래희'라고 시를 써서 '사람이 70까지 살기는 예로부터 드물다'고, 70세를 '고희'라고 부르게 만든 것은 중국의 시인 두보杜甫였다. 그런데 검색해보면 두보는 58세의 나이로 세상을 떠났다고 되어 있다. 잠깐 어리둥절해 있다가, 일찍이 한글을 창제하고 『두시언해』라는 오묘하고 심오한 한글시집을 낸 조선의 선각자들 생각에 고개숙인다. 그리고 시 한 편을 써서 내 비파나무의 뜻을 기리기로 하고, 책상 앞에 앉는다.

강릉 가는 길

강릉으로 가게 되었다. 그러리라고는 생각해본 적이 없었다. '가게 되었다'는 말에는 약간의 뉘앙스가 있지만, 하여튼 강릉의 한 '작은 도서관'의 '명예관장'이라는 이름을 얹음으로써 그곳에 간 사실부터 기록해야 할 것이다. 위촉패를 받으면서 나는 '돌아왔다'고 말했다. 여덟살에 떠나 일흔살에 돌아왔다…고, 62년이 걸려 먼 우회로를 돌아서 돌아서 마침내 고향에 이르렀다…고.

그동안 그곳에 가지 않은 것은 아니었다. 꽤 여러 번 드나들었다고도 할 수 있었다. 그러나 이번 일이 막상 닥치고 보니 '수구초심首丘初心'이라는 말과 함께 고향으로 돌아가는 내 모

강릉 가는 길

윤 후 명

삶을 이어 가기에는 감자가 아니고
사랑을 나누기에는 물고기가 비리고
죽음을 이룩기에는
산과 바다가 죽음보다 깊숙하여
그리운 사람들 모두 어디로 가는지
물어보고 싶던 날이 있었다
뒷산 호랑이가 나무 되어 걸어 내려와
서녘 데리고 살았다는 옛 곳
옥수수 수염 같은 고향 길
그렇건만
삶과 죽음이 새삼 서로 몸을 바꿔
사랑을 더듬는 모습 속에
더욱 알 길 아득하여
어디인가 어디인가
어디인가 먼동거리기만 하였다

2015. 10

습이 지금까지의 내 몰골 위에 덮여오는 걸 느끼게 되는 것이
었다. 이것은 새로운 경험이었다. 새로운 경험이 새로운 인생
을 여는 느낌이었다. 그리하여 나는 '강릉으로 가게 되었다'
고 기록한다. 강,릉,으,로,가,게,되,었,다.

그러자 나는 아주 오랜 세월을 페르귄트처럼 떠돌다가 마침
내 고향으로 돌아온 것만 같았다. 문득 돌이켜보니 과연 그러
했다. 여덟살의 떠남은 내 앞날이 떠돎의 날들이라고 미리 정
해주고 있었다. 집안은 여러 지방을 돌면서 한해살이 풀처럼
살게 되고 그에 따라 나는 학교를 옮겨다녀야 했다. 이 과거
를 나는 '우회로'라고 표현한 것이었다.

여기 쓴 시는 얼마 전에 '명예관장'이 되기 전의 것이며 곁들
인 간단한 그림 또한 그렇다. 물고기, 옥수수, 호랑이 들은 어
릴 적부터 내게 원초적으로 입력되어 있는 표상들이다. 그래
서 나는 여기저기 글에 불러 쓸 수밖에 없었다. 호랑이가 나
무로 변신하여 처녀네 집으로 내려오는 신화는 유네스코의
세계문화유산으로 지정된 강릉단오제의 원형을 이루고 있지

강릉 가는 길 | 종이에 만년필 29×21cm, 2015

않은가.

 '명예관장'이라고 했는데, 출입구 위에 임만혁 화가가 그린 초상화도 걸어놓아서 알고보니, 내게 주어진 역할은 상당히 구체적으로 제시되어 있었다. 한마디로 말하면 책읽기에 도움이 될 만한 일을 펼치자는 것으로 모아지는 계획들이다. 말이 오가는 동안 나는 결심을 굳히고 있었다. 그렇다면 해야만 하리라, 하고. 그러니 나의 '돌아옴'은 어떤 역할을 하겠다는 말의 다른 표현이 된다. 그리하여 나는 이제 그곳의 자연을 좀더 깊이 가까이 하면서 내 마지막 글을 쓸 꿈을 꾼다. 글이란 삶의 보은報恩임을 깨달아 고향에도 보은하겠다는 뜻이다. 이것이 내 삶이로구나, 하면서….

다시 알타이를 보다

세종문화회관에서 백남준에 관한 전시회가 열려서 웬일인가 했더니, 그가 저 세상으로 간 지 10년이 되었다는 것이었다. 벌써 10주년 기념 전시회. 그리고 현대화랑에서 우편으로 보내준 안내장을 받았다. 동료이자 선배인 조셉 보이스의 죽음에 '알타이의 꿈'이라는 굿판을 벌인 그때의 사진이었다.

알타이를 '비디오 예술의 창시자'인 백남준에게서 다시 본다는 것은 가슴 떨리는 일이었다. 그는 자기를 '황색의 재앙'이라고 부르며 서양 예술의 중심부에서 굿판을 벌였다. 어렸을 적 서울의 집에서 자주 보았던 굿판인 그것은 우리 민족인 알타이를 위한 길을 여는 행위 예술이기도 했다. 그가 '시베리

아 샤먼'을 자칭하는 까닭인 것이다. '시베리아 샤먼', '알타이 샤먼'이 하늘에 기도를 올리는 행위가 굿이었다. 현대 과학의 우주 비행체와 한국 굿판을 한 장면에 '비벼놓는' 스케일이 그의 안목이었다. 예전에 안산에 살았던 어려운 시절에 경신회 사람들이 모여 큰 굿을 올리던 장면이 머릿속에 나타났다. 작두를 타겠다는 일본 유학생 사오리와 구경꾼이었던 나는 분명히 한패였다. 신내림이니 하는 알 수 없는 작용을 내가 말할 계제는 아니지만, 나 역시 말하자면 '알타이 샤먼'이 아닐까 생각해보기도 했다. 용기 없는 내가 기껏 말하는 게 '생각'이라고 해도, 사람은 생각하는 순간 이미 행동한다고 나는 내게 힘을 실어주고 있었다.

10년 전 그의 49재 때 봉은사 행사에 가기도 했고, 인사동의 1주기 김금화 굿 행사에 가기도 했다. 그리고 보니 꽤 여러 번 그의 전시회를 기웃거렸다.

"티베트, 몽골, 여진, 모두들 한 뜻으로 알타이의 길을 열어야 해."

백남준 '촛불 랩서디' | 종이에 아크릴릭 45.5×38cm, 2008

그는 우리네 강성한 북방민족의 사라진 시절의 부활을 꿈꾸는 사람이었다. 시베리아 호랑이가 백수의 왕이라는 사실처럼 우리 민족의 새로운 등장을 세계사에 알리고 싶어했다. 그 것이 그의 예술의 넋이었다. 세종문화회관에서 나는 그가 꿈꾸었던 힘찬 부활의 소리가 가까이 들리는 듯해서, 가슴벅찼다. 그리고 아울러 그가 자기 세계를 소개하는 책 200권의 제1권에 『삼국유사』가 꼽혀 있는 걸 보았고, '일연의 위대한 판타지'라고 평가한 그의 말을 배웠다.

여기에 그의 49재 때 봉은사에서 있었던 '촛불 랩서디'의 그림을 그려놓고, 바이올린을 끌고 가는 그 유명한 퍼포먼스를 회상한다.

자하루미술관

땅끝마을에 있는 미황사를 다시 가보았다. 몇 해 전인지 오래 전에 가보았고, 그때의 인상이 깊게 각인되어 있었다. 그러나 이번에는 그곳 자하루의 이름을 붙인 '자하루미술관'의 개관 때문이었다. 이에 대해서는 금강 주지스님이 올봄 《조선일보》에 글을 써서 전해주기도 했다.

…또 다시 매화가 피었다. 화가 32명이 작품 60점을 들고 찾아왔다. 여성주의 미술의 대모 윤석남의 「너와에 그린 무희」, 소설가 윤후명의 「미황사 위를 나는 새」, 민중화가 이종구의 「달마산의 만 불」, 서용선의 붓끝에서 강렬하게 살아난 「미황사 대웅전」, 박

방영 화백의 불화로 살아난 「미황사」 등 30대부터 70대의 한국 현대 미술을 대표하는 작가들의 신작이 자하루미술관에 나란히 걸렸다…

우리 화단의 거장들과 함께 나도 거론되어 있어서 겸연쩍은 글이었다. 어쨌든 미황사의 최근 변모는 여러 모로 눈여겨보지 않을 수 없었고, 그 가운데 하나가 미술관의 개관이었다. 처음 그곳에 갔을 때, 무엇보다도 놀란 것은 산길로 한참을 걸어가서 나타나는 부도전의 광경이었다. 고승들이 열반에 들어 비석으로 남아 있는 모습의 장엄은 아름답고 신비했다. 아는 사람은 안다고 하여 나는 부끄러웠다. 그러나 그보다도 나를 휩싼 것은 절 자체의 분위기가 남방 불교를 말하고 있다는 사실이었다. 이는 김해의 은하사나 남해의 보리암에서도 느껴지는 일련의 특징이었다. 이에 대한 면밀한 연구가 없는 나로서는 다만 '느낌'을 나타낼 뿐인데, 여기에는 한국 불교의 전래가 『삼국유사』에 의해 가야의 건국 설화로 올라간다

미황사 위를 나는 새 | 캔버스에 아크릴릭 혼합 재료 45×65㎝, 2016

는 확신이 있기 때문이다. 이를 바로잡지 않으면 안 된다고, 나는 주장한다. 미황사는 그 '땅끝'에 있다. 달마산을 오른 다음, 고맙고 황송하게도 금강 스님의 차를 타고 강진을 거쳐 여수의 '히든 베이'로 와서 여수 바다를 내려다본 일정은 생애에 값진 것이었다고 기록하며, 「사스레피나무 꽃피는 산길」 시 한 편을 쓴다.

봄꽃 필 때면
사스레피나무도 꽃핀다고 금강 스님은
알려주었다
이 사철나무가 무슨 나무일까
오래 전부터 궁금했는데
산꼭대기 바윗길에 서 있었다
이것도 향기인 것일까
멀리 다도해가 내려다보이는 산길에서
내게 무엇을 말하려는 것일까

오랜 궁금증의 정체를 알려주려는 듯

보일듯말듯 피어나는 꽃

이 길로 오려고 걸어온 몇 십 년

지나온 생이 이와 같다고 말해주는 듯해서

거북한 냄새도 향기라고

나는 나한테 말하고 있었다

알아서 하그레이

교보의 '대산'에서 해마다 개최하는 문인탄생100주년 기념 전시회에 올해의 대상 인물은 청록파. 먼저 박두진 시인이 청록파 시인이라는 사실에서 비롯되었는데, 박목월 시인도 태어남을 바로잡은 결과, 조지훈 시인이 좀 아래지만 세 시인을 하나로 묶어 전시회를 열기로 했다는 것이었다. 참여 화가는 김덕기, 김섭, 박영근, 서용선, 윤후명, 이인, 최석운 등 7명이었다. 아무튼 세 시인은 일찍이 『청록집』이라는 동인지를 냄으로써 청록파의 이름으로 운명을 같이한다. 전혀 다른 개성의 세 시인이 하나의 이름을 갖게 된 것이다.

전시회를 앞둔 화가들의 회의에서 나는 목월 선생의 시를 그림으로 그리겠다고 자원했다. 선생님과의 인연을 생각하면 당연한 일이었다. 대학에 입학 절차를 밟을 무렵 나는 미리 학교 신문에 시를 발표함으로써 그 무렵 강의를 맡고 있던 선생님을 알게 되었다. 선생님이 그 시를 학과 시간에 소개하고 신문에 평도 써주었던 것이다. 나는 국문과의 시론 강의실을 드나들며 선생님의 훈도를 받는 학생이 되었다. 실은 그보다 먼저 고등학교 때 학생잡지에 시를 발표하여 지면으로 선생님의 가르침을 받은 적도 있기는 했었다. 그때 우연히 14행의 시를 쓴 나는 선생님으로부터 서양의 14행시는 소네트라는 형식으로서 독특한 시법이 있다고 들을 수 있었다. 나중에 나는 그 독특함을 운율에서부터 찾는 공부를 했고, 오늘날까지 시를 보는 눈의 잣대로 간직하게 되었다.

내가 그린 그림은 「청노루」「갑사댕기」「길처럼」「저녁 어스름」「연륜」 5편이었다. 그리자 했던 「윤사월」은 다른 화가 몫으로 간 모양이었다. 얼마 전에 펴낸 소설집 『강릉』에도 나는 이 시를 인용하지 않았던가. 나는 봄이면 늘 송홧가루 날리는

연륜 | 캔버스에 아크릴릭(F12호)

청노루 | 갑사댕기 | 길처럼 | 저녁 어스름 (시계 방향)

외딴 봉우리를 홀로 헤매며, 그곳 어딘가에 산지기 외딴 집이 있고 눈먼 처녀가 있다고 상상하지 않았던가. 외로움의 환幻 속에서 자기를 잃으며 또 다른 자기를 찾는 시적 환생幻生의 시간이 아니었던가. 그러나 선생님의 시들 모두는 내게 글자 그대로가 아니라 별전別傳의 의미가 있다.

선생님과의 인연은 첫 직장 '삼중당' 출판사에 들어가서도 계속되었다. 나는 인지를 들고 원효로의 댁으로도 드나들었고 개인 심부름도 했다. 가령 서울시문화상 때문에 선생님의 저서를 모아 시청에 가져가는 일 따위도 내가 해야 했다.

그리고 70년대의 어느 날, 주간지에 들어가 일하고 있던 나는 내 고정 필자로 종종 동원해왔던 선생님에게 원고를 청탁하게 되었다. 전화기에서 선생님의 얇은 목소리가 들렸다.

"윤군이 알아서 하그레이."

웬일일까. 나는 주저했으나, 시간에 쫓긴 나머지 선생님의 『문장강화』에서 옮겨 원고를 만들어 실었다. 그랬는데, 그 다음 주에 선생님은 이 세상을 떠났다. 지금의 나보다 훨씬 젊

윤
후
명
그리고 쓰다

156

은 키큰 62세의 젊은 선생님은 영영 모습을 볼 수 없게 되고 말았다. '여기는 사과가 떨어지면 툭 하고 소리가 나는'(선생님 의 시 「하직」의 구절) 세상임이 내게 전해짐과 함께 나는 선생님 께 전화할 길도 잃고 말았다. '기러기 울어예는 하늘 구만리' 너머 가버리신 것이다.

지금도 나는 봄이면 송홧가루 날리는 어떤 외딴 봉우리로 가 고 싶다. 내가 '눈먼 처녀'가 되지는 못하겠지만, 사람이 떠난 어떤 집의 옛 '문설주에 귀 대이고 엿듣고 있'으면 '윤군이 알아서 하그레이' 얇은 목소리가 들려오리라 한다. '구만리' 저쪽에서 들려오는 100살 선생님의 목소리를 듣고만 싶다.

협궤열차는 아직도 달린다

오랜만에 안산으로 갔다. '협궤열차 사진 전시회'가 열린다는
것이었다. 협궤열차가 없어지더니 세월이 지나 예전 풍물을
되돌아보는 이런 행사도 열리는구나. 그리웠고 반가웠다. 그
열차를 제목으로 소설 한 권을 쓴 나로서는 더욱 그랬다. 당
장 경제성이 없다고 협궤열차를 없애느니 그걸 남겨두는 게
더 유익하리라는 의견도 많았으나, 결국 사라지고 만 꼬마열
차였다. 안산에 내려가서 삶의 터전을 마련하려 했던 나는 그
열차를 타고 낯선 벌판으로 바닷가로 정처없이 발길을 옮기
곤 했다. 생활이 막막했던, 아무 재주 없던 백면서생의 유랑
이었다. 내 40대의 그런 7년 동안, 나는 전혀 다른 나로서 다

바닷가 소금창고 | 53×43.5cm

시 태어나는 과정을 겪었다고 해야 한다.

뜻밖에 권오달 단원구청장과 제종길 시장까지 반갑게 맞아주는 가운데, 협궤열차를 배경으로 내가 서 있는 사진 배너 앞에서 나는 마이크를 잡기도 했다. 여기가 옛 그곳일까. 이미 세상을 뜬 동료들도 있고, 알콜에 젖어 어떻게 살았는지 몽롱한 시간들이 불가사의하게 다가오는 환상 속에서 마냥 눈시울만 뜨거워지는 가을날이었다. 아, 내가 아직 살아 있다니, 하고.

그리하여 나는 「협궤열차는 아직도 달린다」는 시 한 편을 남긴다.

그때 나는 협궤열차를 타고 어디로 갔던가

물컹거리는 자루 속에 든 시육지가

잡혀 올라온 바다

새우떼의 바다

참소라뿔 삐죽삐죽한 바다

고개 넘어 그 바다로 가는 길에

늘어서 있는 소금창고들을 지나면

낮은 너울의 바다를 거느리고

통통배들이 협궤열차를 따른다

내 젊음은 정처없는데

협궤열차를 타고 어디로 갔던가

이토록 나이먹어서도

여전히 나는 보이지 않는 협궤열차를 타고

고개를 넘고 들판을 지나고

바닷가 노을 속을 지나간다

사라진 지 오래라 해도

협궤열차는 아직도 어디론가 달리고 있다

닭과 달개비꽃

영인문학관의 부탁을 받고 병풍 그림 4폭을 그렸다. 병풍이라는 말 자체가 이제는 지난 시대의 유물로만 여겨져서 어딘가 잘못 들어간 골목을 더듬어가는 듯했다. 그 가운데 닭 한 마리가 나타났다. 어디서 나타난 닭이지? 하고 어느결에 달개비꽃까지 보게 되었다. 달개비꽃은 달걀처럼 닭을 어원으로 생겨난 이름일 것이다. 그런데 달걀을 계란으로 쓰기를 택하는 사람이 많듯이 달개비꽃은 닭의장풀이라고 사전에 올라 있다. 달걀을 계란으로 부르고자 하는 사람의 언어 감각에 가우뚱하며 그 혐의를 읽게 되는데, 달개비 역시 그러하다. 우선, 닭의장풀이라면, 왜 닭장이 아니라 닭의 장일까 싶은 것

이다. 여기에 외래식물 자주달개비는 그냥 그대로 정식 이름
으로 쓰인다. 이른바 물망초라고 하는 정체 불명의 그 식물로
서 아침마다 청초하게 피었다가 햇빛과 함께 스러지는 모습
이 '나를 잊지 말아요' 하고 애처롭게 말한다는 것일 게다.
어디선가 씨앗이 날아왔는가, 달개비는 해마다 덩굴을 이룬
다. 종종 뽑아서 정리하기도 하지만, 몇 포기는 꽃을 피운다.
흔히 잡초처럼 취급된다 해도 참으로 '청출어람' 같은 꽃이
아닐 수 없다. 삶의 어느 순간에 저런 찰나가 있겠는가 싶은
것이다. 올해는 닭의 해, 수탉 한 마리가 지나가며 희망의 글
을 대문에 써 붙이는 마음.

수탉도 수굿해진 오늘
홀로 우거져 피는
달개비꽃
청출어람 속의
노란 꽃술

조오현 스님 초상 27

감자 한 알

스님의 초상을 그리게 될 줄 어이 알았으랴. 설악무산雪嶽霧山이 누구인가. 어이쿠, 멈칫 하면서도 오히려 덥썩 받아들였다. 상당히 오래 전에 뵈었는데, 여전하지는 않으시다고 들었던 듯하다. 어떤 종류의 혐의도 나타내서는 안된다고, 제법 선적인 자세로 대응하려고 했다. 그러나 그것도 뭘 어떻게 하겠다는 것인지 가늠이 어려웠다. 그러므로 더 어려워지기만 했다. 스님의 무애한 모습과 선시禪詩의 서늘함이 눈앞을 가렸다.

결국은 붓을 놓아야 했지만 스님은 화두를 붙들어야 한다고 지키고 계셨다. 마침내 종로에 나가 연등행사를 보고 와서야

삶의 즐거움을 모르는 놈이
죽음의 즐거움을 받겠느냐

어화피 한 마리 기는 번개가 아니더니
비 다녀 숲에서 사는 새의 적비로
가만났다

─ 적현은
안하一이

雪寂裏山
조오현

17 후명

눈을 딱 감고 붓을 들었다. 이게 어찌된 노릇일까. 나는 스님의 시「적멸을 위하여」를 적어넣고 있었다.

삶의 즐거움을 모르는 놈이

죽음의 즐거움을 알겠느냐

어차피 한 마리 기는 벌레가 아니더냐

이 다음 숲에서 사는 새의 먹이로 가야겠다.

아득한 일이었다. 스님은 정말 벌레가 되었는지 그리는 순간 진면목이 사라지곤 했다. 모든 게 엉망이 되려 하고 있었다. 나는 더 이상 버틸 힘이 없었다. 자칫하다가는 몽환포영을 그려야 하는 절벽에 이르리라.

그런데 오늘 아침「나는 말을 잃어버렸다」는 스님의 시가 다시 전해진다.

나이 일흔둘에 반은 빈집뿐인 산마을을 지날 때

조오현 스님 초상ㅣ종이에 아크릴릭 19.5×27㎝, 2017

늙은 중님, 하고 부르는 소리에 걸음을 멈추었더니 예닐곱 아이가 감자 한 알 쥐여주고 꾸벅, 절을 하고 돌아갔다 나는 할 말을 잃어버렸다
그 산마을을 벗어나서 내가 왜 이렇게 오래 사나 했더니 그 아이에게 감자 한 알 받을 일이 남아서였다

오늘은 그 생각 속으로 무작정 걷고 있다

'감자 한 알'이라면…강원도 '감자바위'인 나로서도 할 말을 잃어버린다. 어머니가 어디 먼 데서 나에게 주려고 감자를 삶는다.

도롱이집

젊었을 때 누군들 카프카 옆을 오가지 않았으랴만, 어쩐지 먼 느낌이다. 내게는 체코에서 가져온 두 장의 기념 포스터가 있기도 하다. 그의 '변신'은 여전히 '갑충'의 딱딱한 모습으로 나를 감추라고 가르친다.

체코도 내게는 먼 나라였는데, 어쩌다 그 나라의 브르노 콘서바토리라는 대학에서 우리나라까지 학교를 만들어 뜻밖에 그 교수로 몇 학기 가르치게 되어, 먼 나라라고만 하기에는 어렵게 되어 있었다. 브르노가 프라하보다 더 큰 도시라는 사실도 이때 알았다. 여기를 졸업한 제자가 서평잡지에서 일하게 되었다고 원고 청탁을 해와서 몇 장 쓸 기회도 가졌다.

"가본 곳 중에 어디가 제일 아름다워요?"

누군가의 물음에 나는 프라하를 꼽는다. 그러다가 '아름다움'이라는 말을 다시 생각하며 '글쎄…' 하고 머뭇거린다. 갑자기 '아름다움'을 규정짓기 어려워지기 때문이다. '글쎄…' 25년 전에 처음 가본 체코의 프라하는 얼마나 인상 깊은 도시였던가. 그 아름다움 옆에 카프카가 늘 내게서 떠나지 않았다. 보헤미아의 크리스탈이 반짝이는 가게 뒤편으로 어두운 외투를 둘러쓰고 갑충처럼 엎드린 채 글을 쓰고 있는 모습. 그 모습에 나를 겹쳐놓고 싶다.

그리고 10여년 전 헝가리행 열차를 타고 체코를 다시 지났다. 필스너 우르켈이라는 맥주 이름을 배운 여행이었다. 세계에서도 손꼽히는 맥주라고 했다. 헝가리의 어느 뒷골목에는 그 이름을 딴 술집도 있었다. 지인이 명절마다 이 맥주를 내게 선물하는 사실은 무슨 우연일까. 나는 프라하와 카프카를 생각한다. 무엇인가 이 세상이 고마워서 나는 어떤 풍경인지도 모르면서 내 여생을 바라본다. 글을 쓰며 산 지 50년이 되

카프카 | 필스너 우르켈 맥주 종이상자에 아크릴릭 73×61㎝, 2017

었다는 이 생애도 고맙기만 하다.

'삶이란…. 글쎄….'

강릉의 남대천 둑방 밑에 작게 엎드린 집을 마련하고 '도롱이
집'이라 이름지었다. 그 둑방길을 걸어 어머니를 찾아 단오장
으로 갔던 어린 나를 보고자 하는 내가 어디에 있을까. 그리
고 「카프카의 길」이라 제목을 달고 예전 술을 마시던 시절을
회상하며 한 편의 시를 쓴다. 카프카와 둑방길과 도롱이가 어
디서인지 만나리라 하면서….

필스너 우르켈 맥주를 한 잔 마시며

체코의 뒷거리에서

카프카를 생각한다

그림자를 길게 늘이고 그는

K를 쓴다

우묵한 눈가에 보헤미아의 불빛이 비치면

K를 지운다

모든 것을 없애달라고 부탁한다

브르노에 잠깐 적籍을 둔 나는

그 뒷거리에 한 줄을 글을 남긴다

K, 너는 카프카가 맞느냐

오늘 밤 성밑에서 잠이 든 나는

너에게 나를 묻는다

나는 나를 지우지 못하고 밤새 뒤척인다

K, 너는 나를 어디로 데려가느냐

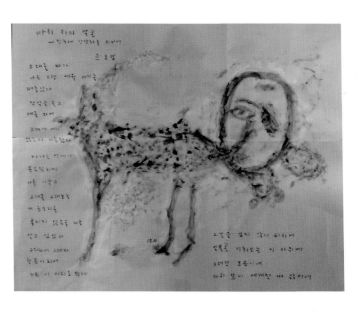

암각화의 얼굴

가을 어느 날, 울산에서 편지가 왔다. 그곳 태화강 가의 바위에 옛날 새겨진 그림이 있고, 그것을 보존하려고 애를 먹는다는 이야기는 들은 적이 있는데, 그 이야기와 함께 시를 한 편 부탁한다는 청탁서였다. 청탁서를 보낸 '반구대 포럼'의 이달희 대표는 이건청 시인의 도움으로 '암각화 발견 46주년 기념 시화전'을 열 계획을 밝히고 있었다. '반구대 암각화에는 300여개 도형이, 천전리 암각화에는 700개 이상의 도형과 글자가 새겨져 있다'는 소개 글을 보면 반구대와 천전리의 두 군데에 암각화가 있음을 알 수 있었다. '암각화들은 규정되지 않은 원시 상태 그대로의 바위그림들'로서 주로 고래를 비롯

바위 위의 얼굴 | 종이에 먹 아크릴릭 69×60cm

한 바다 동물들로 이루어져 있었다.

편지는, 여러 방법으로 이 암각화를 알리고는 있으나 국민의 80%가 모르고 있다고 쓰고 있었다. 그래서 시화전을 열어 '전국 순회 전시회'를 열겠다는 것이었다. 참고로 '초대 시인'들의 명단을 기록해두기로 한다.

감태준, 강은교, 강인한, 고은, 구광렬, 김남조, 김사인, 김성춘, 김종길, 김종해, 김준태, 김형영, 김후란, 나태주, 문정희, 문인수, 서정춘, 송재학, 송찬호, 신달자, 오세영, 오탁번, 유재영, 윤후명, 이건청, 이상국, 이성복, 이시영, 이우걸, 이태수, 이하석, 정일근, 정현종, 정호승, 정희성, 조정권, 조창환, 천양희, 최동호, 최문자, 허영자.

이런 자료들 끝 무렵에 '그림들 중 한 점을 임의로 선택하여' 내게 보낸다며 종이와 붓펜까지 동봉하여 시 한 편을 부탁하고 있었다. 나는 내게 보낸 암각화를 보고 놀라지 않을 수 없었다. 그것은 고래도, 그 어떤 짐승도 아닌 사람의 얼굴이 분명하기 때문이었다. '아, 이 얼굴은?!' 그리하여 나는 조금도

머뭇거림 없이 시를 쓰고 '얼굴'을 나름대로 옮겨 그리기 시
작했다.

바위 위의 얼굴
— 울산 반구대 암각화를 위하여

고래를 따라

나는 오랜 세월 바다를 떠돌았다

작살을 들고 배를 저어

고래가 어디 있는지 가늠했다

바다는 언제나 파도치며 나를 이끌고

고래를 노려보는 내 눈초리를

놓치지 않음을 나는 알고 있었다

그리하여 고래와 한몸이 되어

나는 이 바위로 왔다

그날을 잊지 않기 위하여

얼굴을 비춰보는 이 바위에

그려진 모습이여

바위 깊이 새겨진 내 삶이여

체 게바라가 간 길

창가에 놓인 한 장의 사진은 메마른 찻길을 풍경을 찍어 보여준다. 무미건조한 풍경에 지나지 않는다. 이걸 굳이 왜? 설명을 찾아보자 체 게바라라는 이름이 보인다. 남미의 유명한 혁명가인 그가 마지막 간 길이라는 것이었다.

베레모를 쓴 그의 얼굴은 전세계에 널리 알려져 있다. 39세, 의사였던 그는 카스트로와 함께 혁명을 일으켜 성공하자 남미 전체를 '해방'시키겠다고 안데스 산맥의 골짜기로 떠났다. 게다가 그는 시를 읽고 쓴 시인이기도 했다. 파블로 네루다, 세자르 바예호, 니콜라스 기옌, 레온 펠리페의 시들이 적힌 노트를 간직하고 있던 그.

"체 게바라 담배 한 갑 주세요."

그의 얼굴은 서울 서촌의 편의점에서도 볼 수 있었다. 하지만 내가 가지고 있는 사진은 역시 '혁명가 시인'인 박노해가 현지에 가서 찍은 것이었다. 그 길을 돌아가서 체 게바라는 혁명가로서의 삶을 마감하고 여러 가지 상품의 상표로 등장했다. 이것이 과연 돈을 앞세운 상업주의라는 것일까. 이에 대해서 나는 이러쿵저러쿵하기도 어렵고 또 하기도 싫다. 나는 서촌에서 쿠바의 아바나 바닷가를 떠올리며 오래전 그곳 방파제인 말레콘을 걷던 나를 되돌아본다. 그리고 사진 갤러리 '류가헌'에서 열린 조민기의 사진전 '말레콘' 포스터를 본다. 서촌의 길이 말레콘 같다는 생각은 어디서 온 것인지 알 수 없다. '고래동인' 시인들이 시를 읊는 거리를 나도 지난다. 실험 미술 공간 '사루비아다방'에서 젊은 화가들은 설치를 계속하고 체부동 골목에는 술꾼들이 예전의 피맛골을 재현한다.

체 게바라가 혁명가이자 시인이었듯이 박노해도 그렇게 된다. 그와 일본 여행을 같이 가서 그를 가까이 볼 수 있었다.

안데스의 길 ｜ 종이 상자에 담뱃갑, 기타 19.5×20.5㎝, 2018

그는 무엇보다도 시를 좋아했고, 부드러운 사람이었다. 시인을 절실히 꿈꾸던 젊은 시절에 나는 어느 구석엔가 불온한, 과격한 인자를 품고 있었다. 내게는 힘에 부치는 노릇이었다. 그 어간에 내 시는 방황하고 있었다. '가슴속에 불가능한 꿈을 지니자'고 말했던 체의 말을 나는 기억한다. 모든 시인은 '리얼리스트이자 꿈꾸는 자'임을 그는 자각시켜지 않았던가. 이제는 내 손에 몇 갑의 체 게바라 담배가 쥐여져 있을 뿐이다. 쿠바의 혁명 광장 아파트 벽면에 크게 그려져 있던 그의 초상이 그대로 옮겨져 있다. 게다가 룩셈부르크 생산이다. 혁명은 어디에 있을까.

체가 붙잡혀 갔던 볼리비아의 안데스 산맥 한 귀퉁이를 나는 본다. 예전에 쿠바의 말레콘을 거닐며 그랬듯이 내게 '불가능한 꿈'은 여전히 살아 있다고 믿고 싶다. 그림도 아니고 설치도 아닌 작은 작품이 다만 남아 있건만….

고래의 노래

네 마리 고래가 해류를 헤치고 나아간다. 고래가 우리 동인의 이름이 된 까닭은 이리저리 몇 번 말하기도 했다.

'웬 고래?'

20대의 아득한 젊은 시절 어느 날로 거슬러오르며 그 사연을 다시 말할 필요는 없을 것이다. 다만, 아아, 하고 그 시절을 되돌아보면 그저 '삶이란!' 하는 말이 떠오른다. 험난하고 야박하고 헐벗은 세월이었건만 용케도 목숨을 부지하며 이 날을 맞았다는 자랑스러움이 없지 않기도 하다. 전쟁이 있었고 혁명이 있었고 항쟁이 있었고 내몰림과 굶주림이 있었다. 그러고도 살아남았던 것이다. 단지 살아남았다는 것이 승리임

을 알게 해준 '삶!' 이었다.

20대에 만난 시인들이 고래라는 이름으로 해류를 헤치고 나아가고 있는 것이다. 슬프고 아름답고 힘찬 지느러미가 동해를 숨쉬고 움직인다. 그래서 한국 시인들의 몸짓은 슬프고 아름답고 힘차다. 70대에 다시 어울린 동인은 2012년을 새로운 시작으로 벌써 네 번째 동인지를 내기에 이르렀다. 한국은 물론 세계에서도 없는 일인 듯싶다.

밍크고래, 혹등고래, 범고래, 돌고래. 나는 강릉의 옛 이야기에 나오는 호랑이를 상기하고자 범고래를 자처했다. 대관령의 호랑이는 여성황이 된 강릉 처녀를 색시 삼아 단오제 때면 강릉으로 내려온다. 한마디로 줄여 말하자면 이것이 강릉 단오굿의 원류이다. 아니, 오누이를 집에 두고 시골장에 떡을 팔러 간 어머니 이야기도 곁들여야 할 것이다. 호랑이는 이 어머니마저 노린다.

"떡 하나 주면 안 잡아먹지."

어두운 고갯길을 넘어오던 어머니는 떡을 준다. 하나뿐만 아

고래의 노래 | 종이에 아크릴릭 29×39㎝, 2018

니라 나중에는 모두 주고 만다. 호랑이는 어머니의 팔다리와 목숨까지도 달라고 한다. 호랑이는 어머니의 목숨을 빼앗고 집에서 기다리는 어린 오누이에게 다가간다. 누이는 어머니를 기다리며 밤이 무서워 울고 있다.

"울면 호랑이가 와. 울지 마."

오빠의 말에 아랑곳없이 여동생은 울음을 멈추지 않는다. 오빠는 이 말 저 말로 동생을 달랜다.

"곶감 줄게. 울지 마."

그제서야 동생은 울음을 멈춘다. 호랑이는 곶감이야말로 자기보다 무서운 거라고 여긴다. 그리고 뒤도 돌아보지 않고 도망쳐버린다.

누구나 들어보았음 직한 이 이야기는 강릉에 뿌리를 내리고 있다. 그래서 대관령의 호랑이는 산신령이 되어 강릉 단오장에 내려온다. 대관령 산신각에 그림으로 그려져 모셔놓은 호랑이이기 때문에 강릉 단오제는 중국의 항의에도 불구하고 우리 고유의 세계문화유산으로 유네스코에 등재된다. 강릉

바닷가 강문 마을에 이 호랑이의 모습이 세워져 있어서 나는
종종 걸음을 멈춘다.

나는 호랑이, 즉 '범'을 딴 이름 범고래를 스스로에게 붙였다.
마침 이건청 시인이 『반구대 암각화의 신화』라는 책을 보내
주었고, 여러 고래들이 모습을 보이고 있었다. 울산의 반구대
암각화는 우리 고대인들이 고래를 사냥하는 모습을 새긴, 세
계 암각화에서도 손꼽히는 것이었다. 그러므로 나는 범고래
라는, 호랑이이기도 하고 고래이기도 한 이름을 갖기로 한 것
이다.

이번에 그린 네 마리 고래 그림은 분명히 반구대 암각화에서
영감을 얻었다고 해야 한다. 지난번 언젠가 그린 얼굴 무늬
그림과 짝을 이룬다고도 할 수 있다. 그 글에 쓴 시와 함께 참
고하여 보아도 좋다고 여긴다.

돌의 무늬는 바닷물결을 나타낸다. 돌은 별이기도 한데, '돌
=바다'라는 이미지는 오래 전부터 내게 숙제였다. 이는 '삶

=죽음'의 숙제와도 같은 것이었다. 그것에 한 발짝이라도 보
조를 맞추고 있다면 그것으로 충분히 만족한다. 고래가 헤쳐
가는 돌은 별이 되며, 그 별이 바다가 된다는 등식을 이루었
으면…하고 바라보는 저곳 어디에, 오늘밤에도 별이 바람에
스치운다.

부엉이 도반

부엉이는 오랜 내 도반이라는 생각이 든다. 그러나 내가 무슨 도를 닦는 것도 아닌 다음에 '도반'은 어림도 없다. 그저 나는 한 마리 새를 찾아 낯선 곳에 서 있을 뿐이다. 다만 부엉이를 새라고 불러야 한다는 사실이 서투르다. 그러고 보면 나는 평생을 서투르게 살아온 셈이다. 일찍이 '미네르바의 부엉이는 황혼에야 날아오른다'는 말을 주위들은 바 있어도 그 뜻을 알고 싶지 않았다. 헤겔을 '헹엘'이라고 발음했던 선생님이 있었는데, 그 영향일 듯도 싶었다. 부엉이는 '헹엘의 새'로서 법철학의 어디에 나온다고 지금에야 다시 읽어본다. 부엉이는 올빼미와 거의 같은 새이며 다만 귀깃이 있는 부엉이와 없는 올빼미로 나뉜다고도 한다. 선생님은 내가 주간신문에 다닐 때 내 고정 필자로 빠르게 동원되어 나를 위기에서 구해주곤 했다. 지금 세상에 안 계시니, '헹엘'도 사라진 셈이다.

중등학교를 부산에서 다니며 구포, 물금 땅으로 친구를 찾아가서 여러 새들과 벗하던 날들이 그립다. 구포의 제분회사 옥탑방에는 부엉이가 살고 있었다. 어린 내게는 크나큰 새였다. 나와 마주친 부엉이는 놀란 날개짓으로 후다닥 창문밖으로 날아갔다. 그 뒤로 나는 몇 번인가 부엉이를 찾아가 마주치기도 했고 허탕을 치기도 했다. 그리고 마침내 이 아침 한 편의 시를 쓴다.

부엉이를 마지막 본 게 언제였던가
부엉이는 날개를 퍼덕이며 머리를 숙이고 있었다
한낮은 아무래도 제 세상이 아닌 듯
눈꺼풀을 한참씩 내리고 뭔가를 생각하는 듯
목숨은 이미 내맡겼을까

부엉이 | 나무판에 아크릴릭, 실리콘 33×49.5㎝, 2017

눈과 발톱은 밤의 것임을 말하려는 것일까

지나온 밤의 세월은 어둠속에 파묻혀 있지만

고향으로 가는 길이었다고

그리로 가야겠다고 말하는 부리

부엉이는 새장에 갇혀 퍼덕이고 있었다

오로지 밤으로만 가야겠다고

먼 숲을 바라보는 눈초리로 나를 쏘아보고 있었다

숲속의 날개, 숲속의 눈초리

나도 숲을 향해 머리를 숙일 뿐

다만 퍼덕이며 어디론가 가고 있을 뿐

어디인지 모를 그곳으로 가고 있을 뿐

그림을 그리고 시를 썼으니, 내가 구포의 부엉이를 괴롭힌 죄 값은 치루었다고 말하고 싶은 것이다. 이 세상 어디에서 그 부엉이를 볼 수 있을까. 나 역시 야행성이라며 그를 도반으로 삼아 하늘 멀리 날아갈 수만 있다면, 하고 빌어보기도 한다.

윤
후
명
그리고 쓰다

하지만 이제 나는 쓸쓸하게 낡은 옛길을 걸어갈 뿐이다. 아무리 찾아보아도 내게는 새로운 길은 나타나지 않는다. 새로운 길이 번듯하게 뚫려도 이른바 남루襤褸가 아닐 수 없다. 가끔 KTX를 타고 가면서 구포 낙동강 쪽으로 눈길을 돌려 찾아보아도 부엉이의 옛집은 보이지를 않는다.

빵을 든 여자

카자흐-코사크

이 두 가지는 엄연히 다른 것이다. 카자흐는 카자흐스탄의 줄임
말이며 코사크는 러시아 남부의 지명, 내지는 종족의 이름이다.
내가 카자흐스탄에 간 것은 1992년이며 우연한 기회에 의해
서였다. 그곳에 발을 딛은 나는 몇 십 만의 우리 동포가 살고
있다는 놀라운 사실을 알았다. 그로부터 나는 그곳에 자리잡고
그들의 새로운 삶을 배우기 시작했다. 알마아타, 우슈토베 같은
곳들의 생활이 가까이 있는 나라이기도 했다. 우리 민족이 중앙
아시아로 유배하다시피 했을 때, 맨처음 떨어져 내린 곳이 우슈
토베였다. 나는 발하시 호수를 거쳐 그곳으로 가서 아직도 살고

빵을 든 여자 | 캔버스에 아크릴릭 37.5×45.5㎝, 2019

있는 '고려인'들이 안내하는 무덤들을 돌아보면서 그들의 고난에 찬 삶에 대하여 들었다. 그들은 구덩이를 파고 집을 움막을 만들어 정착했다고 한다. 그러는 동안 이식쿨 호수도 다녀올 수 있었다. 내가 작품 「하얀 배」를 쓴 것은 그 결과였다. 나와 아내는 알마아타의 중앙시장 옆에 아파트를 얻었고, 누가 전화를 걸면 치안이 어려우니 "우 마마 도메"라고만 대답하라는 말을 들었다. 우리는 시키는 대로 따랐으며, 그저 길가의 수제 빵에 먹을 것을 맡기는 수밖에 없었다. 그런 어느 날 아내가 사온 커다란 빵을 보고 나는 놀랐다. 빵을 그들은 난이라고 불렀다. 이렇게 큰 난이 있었던가. 우리는 며칠 동안 그 난에 생계를 맡길 수 있었다. 더군다나 중앙시장에는 고려인들이 반찬류를 팔고 있었기 때문에 나는 옛 우리 풍습을 배울 수도 있었다.

다른 곳에서는 레닌의 동상이 사라졌어도 공원에 그의 동상이 그대로 서 있던 도시. 지금은 알마티로 이름이 바뀐 그 도시를 나는 커다란 빵, 아니 커다란 난이 있던 도시로 기억한다.

책과 엉겅퀴꽃

책이 있고, 꽃이 있다. 송파 책 박물관의 개관식에 가서 받아
온 포스터는 내게는 소중한 것이었다. 물론 포스터는 흔히 훌
륭한 작품으로 남는다. 그러나 나로서는 책이라는 소재가 중
요하게 와 닿는다. 내게는 책이 인생의 전부라고 해도 과언이
아니기 때문이다. 더군다나 '책 박물관'은 우리나라에서는 처
음 문을 여는 '박물관'이라고 했다. 박물관 개관에 참여하고
초청을 받아 구청장과 관계자들과 함께 기념식에 나란히 섰
었다. 훌륭한 시설이 감탄을 자아냈다. 세상은 알게 모르게
변화하고 있는 것이다. 커다란 '책' 글자가 당당하게 버티고
있는 디자인의 포스터를 받아와서 나는 '꽃'을 그려넣었다.

엉겅퀴꽃이다.

아는 사람은 알겠지만 나는 오래 전부터 엉겅퀴를 그렸다. 또 글도 썼다. 이 야생의 가시풀이 나를 이끄는 힘을 나는 내것으로 하고 싶었다. 흔히 풀밭길을 가거나 산기슭길을 갈 때 선명하게 피어 있는 꽃. 가느다랗고 섬세한 꽃잎은 한 묶음 타래지고 씨방은 장구처럼 팽팽히 줄을 조인 듯하다. 그 야생성의 싱싱함은 못내 아름답다.

"천 송이 엉겅퀴꽃을 그리시오."

H는 내게 말했다. 생각지도 않았고, 그 많은 개수를 아예 헤아릴 길이 없던 나는 막막하기 그지없었다. 천 송이를⋯내게 그런 날이 주어져 있을까. 하지만 내 마음에 작은 싹이 움트고 있는 것도 사실이었다. 우공이란 사람이 한 삽씩 산을 옮겼다는데, 인생이란 그런 도道닦기의 길도 있었다는데⋯

송파구에 지어진 책 박물관의 한 방에는 내 사물도 전시되었다. 책도 있고, 원고도 있고, 필기구도 있다. 글을 써온 내게는 기념물이 된다. '소설 전집'을 비롯하여 필통, 만년필, 재

책과 엉겅퀴꽃 | 포스터 종이에 아크릴릭 53.5×77㎝, 2019

떨이, 나오시마에 있는 이우환 작품을 보고 그린 내 그림 등등. 그것들을 보면서 전세계의 풀숲에 피어 있을 그 많은 엉겅퀴를 머릿속에 그려본다.

2019년 자화상

오래만에 '나'를 마주하고 앉았다. 내 모습을 그린다는 것은 나로서는 그리 달가운 노릇은 아니다. 그러나 산다는 것은 결국은 자기 자신과 마주앉는 행위일 수밖에 없다고 나를 몰아온 것이다. 일찍이 자화상으로 우리를 놀라게 한 외국 화가들을 거론할 필요는 없겠지만 우리에게도 김교신이라든가 이쾌대 자화상이 있다는 생각을 하면 도무지 엄두가 나지 않는 일이다. 더군다나 데생 공부에 먼 나 같은 사람을 '화가'라고 부른 것이 누구인지도 아리송한 마당에 다시 '도무지'가 머리를 내민다. 그러니 우편으로 온 청탁서에 '가능하시면 드로잉이나 캐리캐쳐'를 '굵은 연필이나 붓, 목탄 같은 검은 것으로 그려' 달라고 자세하게 부탁하고 있는 게 아닐까.

예전에도 자화상이라고 그리지 않은 것은 아니다. 몇 해 전에 신세계 백화점에서 문인들의 그림을 모아 그룹전을 열었을 때도 나는 그런 유형의 작품을 내놓았었다. 그리고 이번에 청탁서를 받은 것이다.

'저희 문학관은 2019년도 가을에 문인들의 초상화전을 기획하고 있습니다. 세월이 흘러서 초상에도 그 자취가 남으니 문인 여러분의 초상화는 많을수록 좋을 것 같습니다. 저도 이제 이 일에서 손을 뗄 때가 가까웠으니 가능하면 제가 있는 동안에 자료를 정비해둘 수 있게 협조해주십시오.'

청탁서를 읽고 있는 내 손은 어느새 떨리고 있었다. 이게 도대체 무슨 문면이란 말인가. '저'라고 지칭하고 있는 사람은 '안녕하십니까. 영인문학관의 강인숙입니다.' 하고 첫머리에 자신을 밝히고 있다. 이게 도대체 무슨 뜻이란 말인가.

자화상 | 캔버스에 아크릴릭 31.5×40.5㎝, 2019

돌이켜보면 강선생님과 이어령선생님과의 인연이 몇 십 년에 이르지 않는가. 그 세월이 모두 한 데로 뭉쳐져서 밀려오고 있었다. 특히 이선생님은 내가 첫 직장인 삼중당에서 '문장대백과사전' 일을 볼 때부터 오랜 인연을 이어왔으며, 한국일보 신춘문예에 내 소설을 뽑고 또 이상문학상에도 올려주었다. 따라서 강선생님과의 인연도 그렇게 이어져왔다. 그런데 '손을 뗄 때가 가까웠으니'는 무엇이란 말인가.

그러니 이제 나는 옛 훌륭한 자화상 때문에 머뭇거린 게 아니었다. 나는 청탁서의 문면을 하염없이 들여다보게 된 것이었다. 하기야 나만 하더라도 인생의 늙마에 이르러 갖가지 회한에 시난고난 시달리고 있지 않은가.

그 결과 나는 몇 폭의 자화상을 그렸다. 하나로서 머물 수가 없었다.

정찬 소설 『골짜기에 잠든 자』를 읽고

오랜만에 정찬 작가의 소설 『골짜기에 잠든 자』를 읽는다. 그와 안산에 살며 박기동, 박영한, 이균영, 이원하 등과 어울리던 때가 그리워서 그만 이 글은 독후감처럼 되고, 또 회고담처럼 된다. 박과 이는 어느덧 덧없이 세상을 떴고 누구는 종적 없이 사라졌으니, 그야말로 세상은 덧없다 못해 원망스럽기까지 하다. 다들 어디로 갔단 말인가. 그때 야학을 한답시고 모여 시를 이야기하던 젊은이들도 그립기만 하다.

정찬은 그 무렵 어느 어간에 소설가가 되어 지금까지 꾸준히 소설을 쓰고 있는 드문 존재이다. 그러더니 학교에서 정년을 하고 어느날 찾아와 책 한 권을 전했다. 그의 둔중한 글쓰기를 좋아하고 있던 나는 놀랐다. 체 게바라와 랭보, 카네티라는 소설가를 주축으로 엮어놓은 장편소설이었다. 어, 랭보에 체 게바라? 나는 담박에 빨려들어갔다. 더군다나 랭보를 들여다보려고 얼마 전부터 그의 시 「모음들」을 읽던 참이었다. 그리고 소년에 불과한 랭보가 프랑스 최후의 현란한 시들을 뒤로 남기고 아프리카로 떠난 사연에 빠져 있는 참이었다.

예가체프 커피

셀라시에 황제 시절의 에티오피아로 가고 싶다
프랑스 시인 랭보도 그랬을 것이다
강릉에서 예가체프 커피를 마신 것도
그래서였다
나는 강릉에서 배운 대로
서울 서촌에서 예가체프 한 봉지를 산다

랭보의 시를 이해하려는 시간의

모음母音 봉지

아마 이상李箱의 까마귀도 들어 있을지 모른다

아해들이 막다른 골목길을 달려가기도 할 것이다

황제와 랭보와 이상이

함께 예가체프 커피를 마시고 있는 걸

목격하려는 순간이기도 하다

그러나 나는 랭보를 현지어로 읽을 실력이 없는 사람이 아닌
가. 고등학교 때 동생을 가르치던 선생님이 나를 불러앉히고
보들레르의 「조응照應(corespondant)」이라는 시를 해석해주던
시간들이 있긴 했으나 그 정도였다. 랭보가 베를렌과 헤어지
고 에티오피아의 하라르 지방으로 간 것부터 나는 그를 따라
가는 대상隊商 같은 행로를 걷고 있었다. 그런데 정찬의 이 소
설에서 뜻밖에 랭보를 다시 만나고, 더군다나 남미의 혁명가
체 게바라가 등장하여 랭보를 들춰내고 있으니…환상을 사실

랭보와 체 게바라│종이, 나무에 아크릴릭 35×25cm, 2019

로 엮어낸 이 소설은 랭보의 딸이라는 여자까지 나타나 체 게
바라와 연결시킨다. 내 상상력은 힘에 겨워진다. 물론 체가
콩고를 비롯한 중앙아프리카까지 가서 혁명을 성공시키고자
한 것은 사실이었다. 이 부분 체의 쿠바에서부터 남미 여러
나라까지의 발자취가 여기까지 이르렀다는 것도 놀라운 일이
긴 하다. 체에 대해서는 여러 가지 공과가 이야기되고 있지
만, 나는 쿠바 아바나의 혁명광장 어느 아파트 벽면에 그려져
있는 체의 모습을 바라보던 때를 기억했다.

쿠바 이야기 4
— 체 게바라

체 게바라는 수염을 기르고 베레모를 쓴 채

아파트 바깥 벽면에서

모두를 노려보고 있다

안데스 산맥에서 그가 잡혀 가던

산모퉁이 길을 기억한다

우리 모두는 어디론가 잡혀 간다고

그는 말하고 있는 듯하다

꿈꾸던 혁명을 이루었을까

아바나 시가와 시집 노트 사이에서

그는 오늘도 모든 걸 바꾸자고

주먹을 불끈 쥐고 있다

흩날리는 연기도 시와 혁명을 말하고 있다

총알을 맞은 그의 주먹은 펴지지 않는다

내가 헤매던 프랑스와 쿠바가 이제 모두 옛 추억이 되었지만 이 소설이 되살려준다. '모든 것이 끝났다. 내가 진정한 작가라면 전쟁을 막을 수 있었을 텐데…' 하는 문장을 비틀즈의 멤버인 존 레넌이 읽는 장면으로부터 시작하는 이 의미심장한 소설은 시인의 방랑과 세계의 혁명, 그리고 문화의 뒤엉킴으로 한 시대를 총화하여 그려내고 있다. 아니, 한 시대가 아니다. 그것은 여러 시대를 아우르는 합주와도 같다. 그러나 불행하게도 랭보는 관절염을 앓아 시인의 방랑마저도 멈추어야 했음이 오래 전부터 가슴아팠다. 시인이 방랑하지 못하면 그가 속했던 영역마저 병들어 죽고 만다. 그래서 랭보는 죽어서도 아픈 다리를 이끌며 마지막 낙타를 몰고 우리에게 다가오는 것이다.

나 역시 여러 나라를 거쳐 삶을 내려놓았다가 이곳에 와 있다. 나는 비로소 보로딘의 음악과 같이 중앙아시아를 노래하는 한 줄기 선율이 될 수 있는가, 정찬의 소설을 읽으며 나는 내게 묻고 있었다. 박노해가 찍어준 사진 속에서 체가 붙잡혀간 마지막 볼리비아 산길이 그의 뒷모습을 보이며 그곳에 있었다.

그림·글

책숲을 날아가는 겨우살이 새 37

송파의 겨우살이

송파, 라면 오래 전부터 '산대놀이'가 먼저 떠올랐다. 송파산대놀이란 서울 송파 지역에 이어 내려오던 탈놀이의 하나로, 나는 이 놀이의 실체를 제대로 알지는 못한다. 이 송파 지역에 책 박물관이 들어섰다고 하여 처음으로 가게 된 것이 지지난해 어느 날이었다. 사실 우리나라에서 책 '박물관'이란 상당히 낯선 것이기도 하여 그 설명조차 한두 마디로 될 것이 아니다. 말하자면 책에 관한 모든 것을 보여주고자 하는 곳일까. 그런데 그곳에 '작가의 방'이라는 코너를 만들고 시인, 소설가 등을 선정하여 몇 가지 보여주기를 하는 기획을 마련하여 나도 끼어들게 된 것이었다. 그러니까 책에 관하여 무엇인

213

가 알리는 역할을 맡았다고나 할까.

그동안 그곳으로부터 여러 가지 안내 책자나 가방 따위를 받은 바 있다. 이번에도 안내 책자의 하나로 여지껏 어떤 일을 해왔는지를 보여주고 있었다. 나는 이것들을 적당히 조합하여 콜라주 같은 작품으로 남기고 싶었다. '책'이라는 배경으로 내가 늘 작업하는 새를 등장시키고 있는 구도라고 할 것이다.

"작은 새는 이름을 겨우살이로 했음 좋겠다."

아내의 말이었다. 겨우살이는 30년 전쯤에 잉태되어 자람을 멈춘 아이의 이름이었다. 아아…나는 그 시절을 회상했다. 그 이름, 겨우살이. 동해안 바닷가에서 천도재를 지내고 나서 바

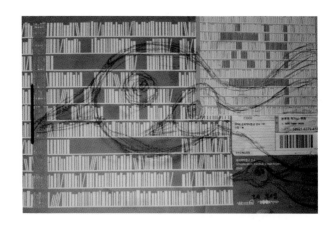

다를 바라보며 어느 해 프랑스의 길을 달려가던 때를 기억에 떠올렸다. 겨우살이가 살던 나무들이 길게 이어져 있던 길이었다. 우리는 어디론가 멀리 가고 있었다. 그리고 들려오는 소리를 새겨듣고 있었다, 그것이 인생이라고 말하는 소리였다.

그래, 저것이 너의 모습이란다.

나는 들려오는 소리를 허공에 옮겨놓았다. 인생을 슬픈 거라고 해선 안 되겠지. 우리는 머나먼 길을 가고 있을 뿐이겠지. 나는 지금도 그 길을 가고 있다고 누군가에게, 혹은 내게 말하고 있었다.

책숲을 날아가는 겨우살이 새 | 송파 책박물관 종이에 연필 41×29㎝, 2020

권터 그라스를 읽던 시절

2016년 무렵이었다. 단원미술관에서 뜻밖에 '권터 그라스 특별전'이라는 전시회를 열었다. 권터 그라스가 누구인가. 소설가가 아닌가. 우선 『양철북』이 떠올랐다. 영화로도 잘 알려진 작품이었다. 그러나 『넙치』나 『개들의 시절』 같은 소설은 그 성가에 비해 그리 널리 알려진 편은 아니었다.

나는 권터 그라스를 좋아한다고 그의 소설을 읽곤 했었다. 물론 여기에는 또 한 사람의 소설가 하인리히 뵐도 뺄 수 없을 것이다. 그의 『그리고 아무 말도 하지 않았다』는 얼마나 매력적이었던가. 그에 비하면 권터 그라스의 소설은 좀 어려운 편이었으나 문장의 깊이가 묵직하게 다가왔다. 그런데 요즘은

권터 그라스의 '넙치' - '예술은 타협이 불가능하다' | 포스터에 아크릴릭 39×48cm, 2018

좀 멀리 있다싶은 귄터 그라스에 관한 전시회라니?

삼청동을 가다가 큰 길 뒤편의, 눈에 잘 띄지도 않는 작은 화랑이었다, 그런데 과연 귄터 그라스의 얼굴이 있었다. 그 무렵 나는 독문학을 하는 평론가 L과 어울렸었다. 그는 대학에서 평론을 가리키며 내게 귄터 그라스의 세계를 전해주고 있었다. "넙치 말야. DER BUTT. 우리가 광어라고 부르는 그 물고기. 그림 형제가 수집한 설화 '어부와 그 아내' 있지? 물고기로부터 선물을 많이 받고 그 아내가 욕심을 더 부리자 모든 게 사라져버렸다는 그 얘기. 그 얘기부터 석기 시대에서 현대까지 모든 신화, 역사, 문명을 망라한 대서사시야."

L은 문학 이야기라면 언제나 진지하게 탐구적이었다. 나는 그에게 배우는 바가 적지 않았다. 지금도 나는 시장을 가다가 넙치가 가두어져 있는 수조를 보면 잠깐이나마 눈길이 머문다. 사전을 찾아보니 넙치가 표준말이고 광어는 사투리라고 적혀 있었다. 눈은 왼쪽에 있다고 했다.

그런데 내게 넙치를 이야기하던 L은 지방 대학으로 간다고

하고 떠났는데 그 뒤로 소식을 들을 수가 없었다. 종종 있는
일이었다. 그가 떠난 다음부터 그 작품들도 내 옆을 떠나갔는
가. 나는 옛 시절이 갇혀 있는 수조 속을 들여다보며 고전 속
의 넙치를 망연히 바라보곤 한다. 지금은 옛 작품들이 읽히지
않는 듯해서 못내 서운하게 여겨지며 넙치에게서 내 과거를
읽는 것이다.

안데스의 여인과 새

나는 안데스 산맥에 가본 적이 없다. 멕시코에서 마야족 사람들을 몇 명 본 적이 있을 뿐이다. 그럼에도 불구하고 안데스의 풍경을 그린다. 그림의 저본이 되는 것은 박노해 시인의 사진이다. 그 사진에서는 여인도 두 사람이며, 머리 뒤의 콘도르는 물론 없다. 등에 진 것은 마치 어린아이처럼 보이는데 실은 감자 바구니 등짐이었다.

안데스의 원주민은 우리 민족과 같은 뿌리의 사람이라고 한다. 그래서 우리와 같이 몽골반점이 있기도 한데, 오래 전 언제인가 베링해협을 건너 알라스카로 가서 결국 남미까지 내려갔다는 것이다. 그러나 그런 것은 내 전공도 아니며, 여기

안데스의 여인과 새 | 현수막 천에 아크릴릭 58.5×50㎝, 2020

서 짚을 생각도 없다. 다만 감자를 짊어지고 있는 여인네를 나는 보고 있다. 어쩌면 감자를 배경으로 저 안데스의 산기슭을 강원도의 대관령 산기슭과 같이 놓으려는 것일까. 그럴 것이다.

이번(2020년 11월)에 강릉 국제 영화제에 서영은 소설가와 함께 '이야기 손님'으로 참가하여 또 다른 강릉을 겪고 돌아왔다. 임영로에 마련하고 있는 '도롱이집'은 여전히 답보상태로 머물러 있어서 안타까웠지만 청중들에게 어머니와 옛동네 이야기를 나름대로 들려줄 수 있어서 뜻깊었다. 여기에는 일찌감치 세상을 떠난 아버지도 등장했다.

강릉국제영화제

제2회 강릉국제영화제에
서영은 소설가와 함께 참가했다

새로 단장한 고래책방에서

우리는 강릉과 문학을 이야기했다

열아홉살에 나를 낳은 어머니는

전쟁이 시작되자 홀로되어

그네를 타고 단오장을 날아 대관령을 넘었죠

나는 어머니 품에 잠들던 밤을 이야기했다

그것이 강릉이었죠

캄캄한 밤을 밝히려 전등을 켰다가

잡혀갔었죠

나는 객사문 아래 놀던 나를 이야기하고

남대천을 건너던 나를 이야기했다

강릉만이 보여주는 나의 영화였다

그 영화에 먼저 나타나는 화면은 예전에 어린 내가 바라보던 먼 길, 하얀 신작로였다. 그곳에 생긴 큰 집 '고래책방'에서 나는 어머니의 감자를 머리에 그리고 있었다. 어머니와 안데스의 여인은 감자에서 엮인다. 그러고 보니 안데스가 대관령 같다고 여겨져서 나는 한참을 들여다볼 수밖에 없었다. 나는 저 기슭 어디에서 흙장난을 하며 놀다가 오늘 이곳에 와 있는 것일까. 오늘은 콘도르같이 큰 새도 나의 하늘에 떠 있다고 생각하며 문득 먼 데 눈길을 보낸다.

감자꽃 40

그 옛 추억

강릉시에서 '작은 도서관' 운동을 벌이면서 '문화 작은 도서관' 명예관장이 되었다. 벌써 5년이 가까웠다. 그러나 코로나19가 번지면서 도서관이 문을 닫는 불상사가 닥치고 말았다. 공부가 끝나면 감자전을 먹는 것도 낙이었는데 그만 서부시장의 정취도 멀어지고 말았다. 감자전을 감자적으로 부르는 게 예사인 정겨움도 사라졌다.

감자적은 상한 감자를 항아리에 넣어 앙금을 내려 부치곤 했는데 요즈음은 생감자를 강판에 갈아 만들기 일쑤다. 감자 앙금 같은 '적'을 보기는 어렵다.

감자는 본디 우리 것이 아니다. 남미 안데스 산기슭 타로감자

감자꽃 | 종이에 아크릴릭 24.5×33㎝, 2021

나 그들의 몽골반점도 우리와 같은 흔적을 이야기하고 있으며 그들이 베링해협을 지나 남미로 건너왔다고 한다. 또한 캄차카 반도에 산재해 있는 온돌도 우리와 같은 문화의 일종으로 여기기도 한다.

보랏빛 꽃과 하얀 꽃이 각각 피어나서 초여름 감자밭을 수놓으면 감자가 알알이 익어가는 초여름이 오고 있는 계절이 된다. 햇감자의 여린 맛이 살아나는 것이다.

어서 코로나가 물러가고 어딘가 '적'을 부치는 곳이 있으면 찾아보는 날이 오기를 고대한다. 어머니가 감자를 항아리에 삭여 '적'을 부쳐주던 그 옛 추억이 그립다.

고개를 넘으면

박화성 선생의 소설 『고개를 넘으면』을 읽은 것은 고등학생 때였다. 너무도 오래된 일이어서 그 내용은 잊었지만 밤새워 읽은 기억은 또렷하다. 다만, 젊은 시절에 사랑했으나 헤어진 청춘 남녀의 애틋한 이야기가 나를 붙들고 있었다는 것은 틀림없었다.

그 소설을 읽던 시절, 몰락한 우리집은 고개를 넘어가야 하는 변두리에 집 한 칸을 짓고 살고 있었다. 30분을 지나야 버스한 대가 오는 곳이었고, 어떤 때는 한 시간을 넘게도 기다려야 했다. 나는 버스를 기다리느니 차라리 걷자고 마음먹고 찻길과는 동떨어진 산고갯길을 걸어 넘어오는 때가 많았다. 어

엉겅퀴꽃 핀 고갯길 | 종이에 아크릴릭 45×52.5㎝, 2021

떤 때, 주위가 어두워지면 묘지가 많았던 그 고갯길에는 도깨비불들이 휙휙 날아다니곤 했다. 도깨비불이란 묘지 부근에 많기 마련인 인燐의 요소들이 내는 불빛이었다. 특별히 무서워할 것은 아니었으나 예전부터 으스스한 느낌을 주는 것은 사실이었다. 나는 시를 쓰는 임정남 형과 우리집에 가려고 그 길을 같이 걷곤 했는데, 그가 그 불빛을 유난히 무서워해서 내 뒤에 숨곤 했던 기억이 지금도 새롭게 머리에 떠오르곤 해서 혼자 웃음짓기도 한다.

산고갯길에는 애기원추리꽃이나 엉겅퀴꽃이 군데군데 피어 있었다. 나는 그림을 그린다고 예전 그 꽃들을 더듬고 하는데, 엉겅퀴꽃을 소재로 인사동의 가나아트 갤러리에서 첫 전시회를 열기도 했던 것이다. 그러나 애기원추리의 해맑고 앳된 모습은 그냥 그대로 머릿속에만 남아 있는 게 이상하기도 하다.

돌아보면 그 세월이 언제였던가. 나도 벌써 '망팔'의 늙은이가 아닌가 말이다. 하지만 나는 그렇게 야박하게 나를 몰아치지 않으련다. 누가 뭐래도 나는 지금도 낡은 등불 아래 시집, 소설집의 책장을 들추며 꿈을 꾸고 있는 소년이고 싶은 것이다. 글 한 줄 쓰기 위해 도깨비불 날리는 저 고갯길을 넘어 집으로 향하고 있는 소년인 것이다.

빈센트의 의자

빈센트 반 고흐의 작은 방에 놓여 있는 의자는 외로워 보인다. 역시 고흐의 노란색이다. 이 그림에서 외로움을 본다면 고흐를 보기 때문이라고 나는 믿는다. 물론 그의 밀밭도 그래서이다. 언제부터일까. 나는 모든 의자는 빈방에 외로이 놓여 있는 것이라고 보게 되었다. 그림들이 전시된 방을 나올 때, 힐끗 돌아보면 외로운 모습이 그림자를 나타내고 있다. 그리고 사물의 본질은 외로움이라고 나는 다시 믿는 것이다. '홀로 있음' 이것은 실존철학과는 관계없어도 우리의 다른 모습으로 다가오는 것이다. 그렇게 모든 의자는 외로움을 나타낸다. 그래서 우리는 외로울 때마다 의자를 찾는다.

러시아의 에르미타주 박물관에 가서 뜻밖에 여러 점의 고흐
그림들을 보고 감탄했었다. 거기서도 그의 노란색은 외로움
이었다. 고흐의 그림, 인상주의 그림이 어떻게 이렇게 많을까
요? 나는 누구에겐가 물었다. 러시아 황실에서 모았답니다.
그 말에 나는 우랄산맥 서쪽 산기슭 지방의 예카테리나 여황
제 이름을 단 도시를 그리워하기도 했다. 예카테린부르크 등
여섯 개 도시가 있지요. 그러나 나는 지금껏 그 지방엘 가보
질 못하고 있다. 그 지방에는 외로운 노란 의자들이 숨어서
나를 기다리고 있을 텐데… 하고, 혼잣말까지 했으면서도. 물
론 전혀 상상에 지나지 않을 테지만 말이다.

의자는 사실 일상적인 사물로만 내게 다가오는 것은 아니다.
우선 플라톤이 '국가론'에서 이데아를 거론하면서, 화가가 의
자를 그릴 때, 머릿속에 의자라는 개념이 있어서 그걸 그리느
냐는 구절부터 어렴풋이 떠오르는 것이다. 그리고 또한 러셀
이 '철학사'에서 느닷없이 의자를 들고 나와 어느 쪽에서 보

느냐에 따라 사물의 모습은 다르다는 말부터 시작하고 있었
다. 그러니 의자는 사실 외로울 틈도 없는데, 그러면 그럴수
록 더욱 강조되는 게 외로움이라고 여겨지니 이상한 노릇이
다.

박영식 선생의 '국가론'을 강독해 배울 무렵 나는 '영빈 이
씨'의 능으로 해서 학교를 오가고 있었다. 영빈 이씨는 사도
세자의 어머니였다. '국가론'과 사도세자는 어떤 연관을 맺고
있을까. 그런 어느 날 박영식 선생을 그 숲에서 만났다. 자넨
시를 쓴다지? 플라톤은 시인을 추방해야 한다고 했는데…연

구해 보게. 그러고 보니 시인은 물론 고흐도 사도세자도 추방자/국외자였다.

그 뒤로 나는 시인과 추방자를 동일어처럼 여기게 되었다. 지금도 나는 그 두 말을 함께 받아들인다. 그렇다면 나는 추방당한 존재일까. 뜻밖에 그럴지도 모른다는 대답이 들린다. 그렇기 때문에 시인은 언제나 외로울 수밖에 없다.

내 속의 빈방에 하나의 의자가 있다. '홀로 있음'의 의자다. 우랄산맥 저쪽 숲속에 숨어 있는 의자가 멀리 보인다.

빈센트의 의자 | 포스터 종이에 아크릴릭 67×40㎝

천축의 선물

왜 그런지 모르게, 중앙아시아가 그립다. 많은 이들이 우리 민족의 원류 중 하나라는 바이칼 호수를 이야기하는 발길이 닿아 있는 것은 그래서일까. 언젠가 오래 전에 카자흐스탄에 머물면서 키르기즈스탄 고개를 넘어 이식쿨 호수에 손을 담갔던 때부터 나는 중앙아시아를 남다르게 보고 있었다. 그때부터 나는 먼 아프가니스탄도 가깝게 여기고 있었다. 그때부터가 아니다. 더 옛날 알렉산더 대왕이 그곳까지 왔던 사실에서부터 나는 그곳을 바라보고 있었다.

서울 인사동에서 라피스라줄리의 작은 보석 원석을 얻었을 때, 나는 보로딘의 음악을 듣고 있었다. '중앙아시아 고원에서'였다. 그리고 한 편의 시를 쓸 수 있었다.

천축天竺의 선물

고비사막을 걸어왔다
타클라마칸도 지나왔다
낙타처럼 뚜벅뚜벅 중앙아시아 돌길을 걷다가

푸른 돌 하나를 주웠다
말의 것일까 낙타의 것일까
일찍이 춘천 천막학교에서 잃어버렸던 신발
나는 이제야 맨발을 감싼 것이었다
그리고 '천축의 선물'이라 이름지었다
모래 바람 아래 묻혀 있던 망각 속
푸른 돌에는 바람에 울리는 소리 묻혀 있다

수행자 혜초가 계림鷄林의 고향을 찾는 소리
내 발자국 소리에 평생을 귀기울리라
푸른 돌길을 지나며 스스로를 찾는 소리였다

나는 라피스라줄리의 원석을 책꽂이 한구석에 놓아두었다. 실은 '한구석에 놓아두었다'라기보다 '모셔두었다'는 표현이 더 맞을 것이었다. 알고보니 이것은 청금석이라는 보석이며 고대로부터 소중하게 여겨졌다고 했다. 나는 예전에 인사동 골동가게 아자방의 김상옥 시조시인으로부터 들은 이야기를 연결시켰다. 청화백자의 청색이 짙으냐 옅으냐는 이 청금석이 많이 들어갔느냐 조금 들어갔느냐에 달려 있다는 것이었다.

"청금석의 원산지가 바로 중앙아시아 아프가니스탄이에요. 얼마 뒤에 저도 다녀오기로 했어요."

지금 아자방은 주인과 함께 없어졌지만, 또 다른 골동가게 여주인이 말하고 있었다.

천축의 선물 | 청금석과 종이에 아크릴릭 27×35.5㎝

오늘 책꽂이 한구석의 청금석, 라피스라줄리를 꺼내놓고 나름대로의 중앙아시아를 그려보고 있다. 아프가니스탄은 물론 파키스탄을 아우르는 헬레니즘을 말하고 싶은데, 그럴 여유는 없다. 지면도 부족하고 내 지식의 한계도 부족하다. 알렉산더 대왕의 모습이 어디엔가 깃들어 있을까. 어쩌면 중앙아시아라기보다 혜초가 수행했던 천축국일까. 간다라미술이란? 아니, 몇 해 전 파괴된 바미얀 큰불상은? 이 모두가 캔버스에 올라앉은 라피스라줄리의 돌 속에 숨어 있으려니…

그렇다면 저 황량한 배경을 헤매는 미완의 짐승 모양은 무엇일까. 생명체이기나 한 것일까… 다시 푸른 돌길을 헤매며 나는 사라진 어떤 왕국, 가령 구게왕국을 눈에 떠올리고만 있다.

엉겅퀴꽃 44

가시를 본다는 것

엉겅퀴 가시

늘 하염없이 걸어오던 들길
엉겅퀴꽃 가시를 보고 배웠네
하염없이 걷는다는 건
그 가시를 본다는 것
가시로 사랑을 말한다는 것

이 들길이 어디쯤일까. 알 듯 모를 듯 가물가물하다. 그러나
나는 들길을 걸어 집으로 돌아오고 있었다. 그 들길, 엉겅퀴
가 선생님인 것이었다. 하기야 나 말고는 모든 것이 나의 선

생님이 된다. 동네 상급반 사내들은 이웃 여자아이를 긴 방공호에 몰아넣는 놀이를 하며 저녁까지의 시간을 보내곤 했다. 전쟁은 지나갔지만 그 여운은 아직 동네를 메우고 있었다. 그 시절 그 언덕 동네가 아직도 머릿속을 떠나지 않는다.

세월을 지나 동네를 찾아가본다. 그 길들은 그대로지만 모든 것은 변해 있다. 어딘가 숨어서 피던 붉은 엉겅퀴들은 사라지고 없다. 시골 정취도 어디론가 사라졌다. 공터에 서 있던 천막학교는 어디서 찾을 수 있을까. 이 동네에 나는 어디에 있는 것일까. 모든 것은 변해 있었다. 그래야 할 것이다. 나 역시 변했다. 그러나 나는 애써 엉겅퀴를 찾는다. 그 꽃이 가르쳐준 사랑의 마음이 어디엔가 있으리라 믿는 것이다.

'가시로 사랑을 말한다는 것'을 나는 다시 배우고 싶다. 내가 남에게, 남이 나에게 그 가시를 말하는 길을 걸어가고 싶다. 엉겅퀴의 아름다움을 가시로 가르쳐주는 그 시절로 돌아가고 싶다. 나는 이미 77세의 나이를 먹었지만 그 꽃의 사랑을 다시 배우고 싶다.

엉겅퀴꽃 | 종이에 아크릴릭 24×32.8㎝, 2008

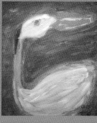

윤
후
명
화서첩
도
록

그
리
고
쓰다
윤
후
명

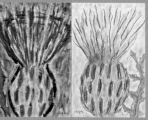

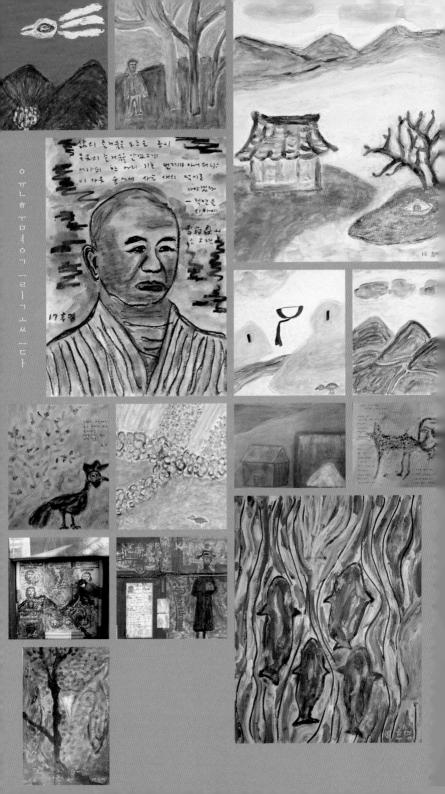

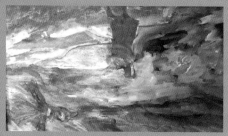

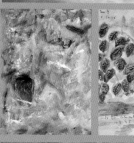

나무소설가선 002

윤후명 그리고 쓰다

1쇄 발행일 | 2022년 05월 10일

지은이 | 윤후명
펴낸이 | 윤영수
펴낸곳 | 문학나무
편집 기획 | 03085 서울 종로구 동숭4나길 28-1 예일하우스 301호
이메일 | mhnmoo@hanmail.net

출판등록 | 제312-2011-000064호 1991. 1. 5.
영업 마케팅부 | 전화 | 02-302-1250, 팩스 | 02-302-1251
ⓒ 윤후명, 2022

값 15,000원
ISBN 979-11-5629-138-1 03810